KB048845

완전
면역

평생 병들지 않는
몸의 비밀

완전
면역

류은경 지음

샘터

당신이 피곤한 건,
면역력 때문입니다

매일 아침 침대에서 일어나기 힘든가요? 자도자도 피로가 풀리지 않나요? 역류성 식도염으로 고생하나요? 자극적이고 단 음식이 당기나요? 위의 질문에 한 번이라도 고개를 끄덕였다면, 면역력이 떨어진 상태입니다. 면역력은 건강을 지키는 첫 번째 힘입니다. 고혈압이나 당뇨병같이 흔한 병부터 심혈관질환이나 암 같은 큰 질환도 모두 면역력과 관련이 있지요.

건강을 위한 첫걸음은 면역력을 키워 염증이 생기지 않는 몸을 만드는 것입니다. 우리는 코로나19를 겪으며 면역에 대한 이런저런 정보는 많이 알게 되었지만, 정작 면역력을 어떻게 높이는지에 대한 속 시원한 답은 모르고 있습니다. 그저 또 다른 신종바이러스가 생기지 않을까 두려워하며 백신과 치료제 개발에 몰두하는 것보다 먼저 근본적으로 알아야 할 사실이 있습니다. 바로 사람의 몸은 바이러스와 병을 이겨낼 수 있도록 만들어져 있다는 것입니다.

면역력은 우리 몸이 세균이나 바이러스 같은 병원체나 몸에서 발생하는 이물질을 처리하는 힘입니다. 침입을 전쟁에 비유하자면 면역력은 적군으로부터 나라를 지켜내는 힘이라고 할 수 있지요. 사람의 몸에는 병원체와 이물질을 없앨 수 있는 많은 군대와 군사가 준비되어 있습니다. 군대 같은 면역기관으로 500~600 개의 림프절과 흉선, 비장, 골수, 간, 장 등이 존재합니다. 그리고 이곳을 통해 탄생하고 훈련받는 군사인 면역세포들이 있습니다. 우리 몸은 군사훈련을 통해 어떤 병원체가 와도 이겨낼 수 있도록 체계적으로 대비하고 있습니다.

　사람의 몸에는 이렇게 정교한 면역시스템이 갖춰져 있지만, 많은 사람들은 면역력을 가족력과 체질에 대한 문제로 여기곤 합니다. 하지만 정작 면역력을 결정 짓는 가장 중요한 요인은 몸의 환경입니다. 그러므로 분석해야 할 것은 세균이나 바이러스 그 자체가 아니라 이들 병원체가 몸속에서 증식할 수밖에 없었던 내부환경입니다. 면역력이 자라지 못하게 하는 몸속 내부환경의 문제점을 알고 이를 개선한다면 내일부터 내 몸은 더 나은 면역력을 가진 튼튼한 몸으로 바뀔 수 있습니다.

　《완전 면역》에는 우리 몸을 살리는 면역 지식을 '이론편'과 '실천편'으로 나누어 담았습니다. 우선 이론편에서는 면역력이 왜 필요한지부터 면역반응은 어떻게 일어나는지, 면역 체계를 모른 채 섭취하는 약의 위험성은 어떤 것이 있는지, 또 최신 연구인 후성유전학은 미래 질병에 어떤 영향을 미칠지를 설명하며 전반적인 면역의 원리를 이해할 수 있도록 했습니다.

실천편에서는 면역력을 높이기 위한 생활습관과 식습관, 그리고 증상별로 실행해볼 수 있는 과일 면역 밥상 레시피를 담았습니다. 마지막으로 부록에서는 면역력 향상에 특히 중요하며 가장 빠르게 효과를 볼 수 있는 방법, 면역 밥상에 꼭 필요한 실천 팁을 소개합니다.

이 책을 통해 여러분이 각종 면역질환과 신종바이러스에 대한 불안과 두려움에서 벗어나 자유롭게 건강을 관리하게 되기를 바랍니다. 더 나아가 이 책이 항상 옆에 두는 지침서로서 여러분의 면역력을 확실하게 책임졌으면 하는 바람입니다. 그리고 무엇보다 유전이나 가족력 같은 운명적인 건강관에서 벗어나 몸은 언제든지 더 나아질 수 있다는 희망을 갖길 바랍니다.

2022년 가을
류은경

이론편　면역력이 왜 필요할까요?

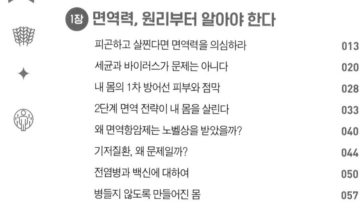

1장 면역력, 원리부터 알아야 한다

2장 면역력, 왜 떨어졌을까?

실천편 면역력, 이렇게 높이자!

이론편

면역력이
왜 필요할까요?

1장

면역력,
원리부터 알아야 한다

피곤하고 살찐다면
면역력을 의심하라

면역력이 약하면 피곤하고 살찐다

대부분의 사람들은 매일 피곤하다. 두통과 소화불량, 알레르기, 비만, 변비와 설사, 불면증과 우울증 등 불편한 증상들을 달고 산다. 건강검진을 하고 병원에 가도 큰 이상은 없다는데, 증상이 속 시원히 나아지지 않는다. 증상은 있으나 이유를 알 수 없는 불편한 고통이 점점 더 늘어난다. 현대인을 괴롭히는 이런 불편한 증상들은 모두 면역과 관련이 있다.

면역免疫이란 질병을 이기는 힘이다. 학문적으로는 몸 안에 들어온 원인이 되는 병원체(항원)에 대항하는 항체를 생산하여 저항하는 상태이다. 병원체의 종류는 세균, 바이러스뿐만 아니라 몸에 불필요한 이물질까지 포함한다.

면역은 선천면역과 후천면역으로 나뉘며 병원체의 종류와 감염상황에 따라 이 두 가지 면역시스템이 작동한다. 면역이 잘 일어나지 않아도 문제이고, 지나치게 일어나는 과면역상태도 문제가 된다. 과면역상태가 되면 때로는 몸의 일부가 스스로를 공격하기도 한다. 이것을 자가면역질환이라고 하는데, 자가면역질환은 유전으로 생각하기 쉽지만 여러 요인에 의해 면역의 균형이 깨져서 일어나는 경우가 더 많다. 자기 자신과 자기 자신이 아닌 것_{비자기}를 구분하는 능력이 면역력의 균형을 지켜준다.

질병은 질서가 깨진 상태이다

몸의 균형이 깨어진 상태가 곧 질병이다. 고혈압과 고지혈증, 당뇨병, 동맥경화 등의 질환을 통틀어 대사질환이라고 한다. 영어로는 Metabolic Disorder이다. 'order'는 명사로 '질서'라는 의미가 있다. 여기에 접두어 'dis'가 붙어서 질서가 깨어진 상태가 되면 질병이 발생한다. 몸에서 일어나는 수천수만 가지의 신진대사가 우주의 운행처럼 질서 있게 돌아간다면 문제가 없을 것이다. 어딘가 이물질이 생기고 나가야 할 것이 나가지 않아 이 질서가 깨지면 병이 생긴다. 건강한 면역력을 얻기 위해서는 몸에 대한 바른 이해와 질서를 회복하는 것이 중요하다.

우리는 수많은 세균과 바이러스와 곰팡이와 먼지, 그리고 음식을 통한 감염에 늘 노출되어 있다. 그럼에도 불구하고 바로 병에 걸리지 않는 것은 촘촘한 방어막 때문이다. 우리 몸은 병으로부터 스스로 지켜낼 수 있는 충분한 시스템이 있어, 쉽게 병에 걸릴 만큼 허술하지 않다. 몸 곳곳에는 강력한 방어막이 있어서 소중한 기관들을 보호하고 생명을 유지한다. 우선 1차 방어막인 피부와 점막이 온몸을 둘러싸고 보호한다. 점막 아래에는 면역세포가 모여 있어 이물질을 걸러내려고 애쓴다. 몸에는 마치 시민을 지켜주는 경찰과 같은 역할을 하는 500개의 림프절이 있어 이물질의 공격에 방어한다. 또 1억 개의 자연 살해 세포 Natural Killer Cell와 10억 개의 백혈구(혈액 1L 기준)가 직접, 간접적으로 이물질을 처리하기 위해 쉬지 않고 일을 한다. 그런데 왜 이렇게 쉽게 병에 걸리고 고통받는 것일까?

아프면 약으로 해결하려는 생각이 문제다

대부분의 사람들은 두통이나 소화불량 등 불편한 증상들이 생기면 약을 먹거나 병원에 간다. 소화가 안 되면 소화제를 먹고, 혈압이 높으면 고혈압약을, 변비엔 변비약을 먹으며 증상에 대해 대처하고 있다. 병을 예방한다며 비싼 건강기능식품을 먹기도 하고 건강검진으로 몸상태를 점검하기도 한다. 하지만, 안타깝게도 다양한 약들과 건강기능식품, 고가의 건강검진이 내 몸을 건강하게 만들어주지는 못한다.

내 몸을 잘 알지 못하고 약과 병원에만 의존하면 몸의 기능은

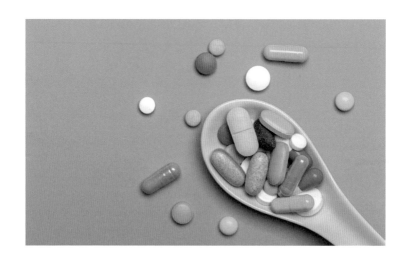

더 떨어지게 된다. 《면역혁명》의 저자 아보 도오루安保徹는 미국
의 사망 원인 1위는 의료사고이고 의료파업을 했던 1973년 이스
라엘에서 파업기간 동안 하루 평균 6만 5천 명에서 7천 명으로
환자가 줄었다는 보고를 했다. 1976년 콜롬비아에서도 의료파업
기간 동안 사망률이 35% 줄었다고 보고했다. 그는 현대의학에서
처방하는 약물과 수술요법이 오히려 병을 더 심각하게 만든다고
주장한다. 응급상황 외에 일어나는 현대의학적인 치료가 사람을
더 죽이고 있다는 것이다.

약의 다른 면은 독이다. 약을 장기복용하면 부작용이 반드시
뒤따라온다. 고혈압약은 혈관기능에 문제를 일으키고 치매나 발
진, 두드러기, 현기증, 근육경련, 구역질, 성욕감퇴와 발기부전
등 다양한 부작용을 가져온다. 약은 이렇게 사람의 건강에 치명

적인 변화를 주며 사망에 이르게도 하지만 정작 약을 만드는 제약회사는 책임을 지지 않는다. 약에 함께 동봉된 의약품 설명서에는 의약품의 용법과 용량, 효능과 질환, 증상과 함께 부작용이 기재된다. 제약회사는 정보를 의사에게 공개함으로서 그 약을 사용한 사람에게 책임이 있음을 명시함으로 책임을 면할 수 있다. 약물 부작용으로 사람이 죽은 상황에서도 제약회사는 형사처벌을 면할 수 있는 방법을 만들어놓은 것이다.

질서를 회복하면 면역력도 커진다

우리 몸은 충분히 좋은 면역 시스템을 가지고 있다. 또한 사람의 지문이 하나하나 다 달라서 개개인의 고유성이 있듯이 면역계도 면역지문이라고 할 수 있는 MHCMajor Hisotocompatibility Complex 가 있다. 이 MHC가 세균과 바이러스, 이물질에 대한 방어능력의 차이를 결정짓는다. 사람마다 유전자가 달라 외모와 인종이 달라지듯 MHC는 개인과 타인을 구분할 수 있는 요소가 된다. 같은 공간에 있어도 감기나 코로나19에 잘 걸리는 사람이 있고 그렇지 않은 사람이 있다. 코로나19에 걸렸다고 면역력이 약하고 안 걸렸다고 면역력이 강하다고 보기는 어렵다. 다른 바이러스에 대해서는 서로 상반된 반응으로 나타날 수도 있다. 이러한 차이를 결정짓는 것이 MHC이다. 몸이 처음 만나는 바이러스에 대해 얼마나 잘 항체를 만들어내느냐에 따라 개개인이 가진 면역력의

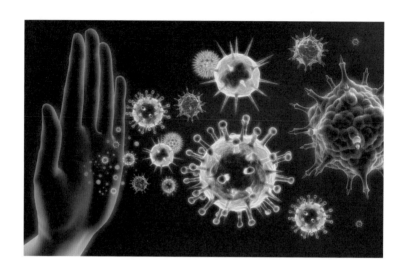

차이를 알 수 있다.

정교한 면역계가 잘 작동되기 위해서는 몸 전체에서 대사반응이 잘 일어나는 것이 중요하다. 대사활동이 원활하게 움직이는 몸이 되려면 몸에 꼭 필요한 영양을 공급하고 대사 결과로 발생되는 노폐물이 잘 빠져나가야 한다. 잘 먹고 잘 싸면 건강하다는 흔하디흔한 그 말에 핵심이 담겨 있다. 몸의 질서를 회복하면 면역력은 저절로 커진다.

- **선천면역** 선천면역은 외부물질이 감염되기 전부터 가지고 있는 자연면역(Natural Immunity)이다. 피부, 점막 상피세포 및 점액 등을 침입하는 감염원에 신속하게 반응한다. 대식세포, 수지상세포, 호중구 및 자연살해(Natural Killer; NK)세포 등에 의한 식작용, 세포독성 및 염증반응으로 이물질에 대해 대응한다.

- **후천면역** 적응면역(適應免疫, Adaptative Immune)이라고도 한다. 선천면역 후에도 해결되지 않는 이물질에 대해 항체를 만들어 대응하는 면역반응이다. 주로 T세포와 B세포가 담당한다. T세포의 자극을 받은 B세포는 항체를 만들어 면역반응을 한다.

- **점막** 외부와 직접 맞닿아 있는 호흡기관, 소화기관, 비뇨생식기관의 내벽을 이루는 부드러운 조직이다. 일반적으로 점액을 분비하기 때문에 점막의 표면은 항상 끈끈하고 미끄러운 상태를 유지한다. 구강, 위, 장, 코, 음경, 기관지 등의 내벽에 위치한다.

- **후성유전학** 후성유전학(後成遺傳學, Epigenetics) 또는 후생유전학(後生遺傳學)은 DNA의 염기서열이 변화하지 않는 상태에서 이루어지는 유전자 발현의 조절인 '후생유전적 유전자 발현 조절'을 연구하는 유전학의 하위 학문이다.

기억하자

1 피곤하고 살찌는 원인은 면역력이다.
2 약과 병원에 의존하는 안일한 태도가 몸을 망가뜨린다.
3 질서를 회복하면 면역력도 커진다.

세균과 바이러스가
문제는 아니다

세균과 바이러스

왜 감기 치료제는 개발되지 않을까? 독감백신은 왜 해마다 바뀌는 것일까? 왜 조금 덜 익은 햄버거를 먹었다고 신장 투석까지 하는 일이 벌어질까? 사람보다 동물에게 항생제를 더 많이 쓰는 이유는 무엇일까? 이런 의문들은 세균과 바이러스의 구조와 기능을 이해하면 쉽게 풀린다.

세균Bacteria은 세포벽과 세포막, 핵산 등을 가진 미생물로써 아주 작은 생명체다. 호흡과 영양대사를 통해 스스로 에너지와 단백질을 만들어낸다. 다른 생물에 기생하여 증식하고 이것이 발효나 부패작용을 일으킨다. 그런 반응들은 생태계에 중요한 부분을 담당한다. 사람에게도 세균이 있는데, 장에는 약 100조 개의 세균이 살고 있다. 피부와 여성의 질에도 수천억 마리의 세균들이 공생한다. 장에 사는 세균은 우리 몸에 꼭 필요한 비타민을 합성하기도 하고 면역세포에게 힘을 주기도 한다. 이렇게 세균은 사람과 자연 생태계에 없어서는 안 되는 유익한 작용을 한다.

장내에 있는 균들은 장의 환경에 따라 그 성격이 자주 바뀌는 특징이 있다. 햄버거병을 일으키는 것은 대장균(O-157: H7)의 한 종류이다. 강력한 대장균이 생긴 이유는 항생제 때문이다. 항생제 속에서 살아남기 위해 발버둥친 세균이 슈퍼능력을 가진 슈퍼 대장균으로 바뀌었기 때문이다.

세균 증식을 억제하여 세균성질환을 치료하는 약을 항생제 Antibiotics라고 한다. 항생제는 치료제와는 다른데 치료제는 질병이 걸린 후에 치료를 위한 목적으로 만든 약이다. 항생제의 목표는 세균 증식을 억제하는 것이다. 세포벽이나 세포막 합성을 막거나 세균의 단백질, 핵산, 엽산 등의 합성을 억제한다. 항생제의 종류로는 최초의 항생제 페니실린을 시작으로 스트렙토마이신, 테트라사이클린, 카나마이신 등 다양하다. 사람보다 동물에게 쓰는 항생제의 양이 더 많은데, 동물들은 비좁고 오염된 공간에서 먹고 싸기를 반복하는 공장식 축사에서 생활하기에 세균 증식이 심하기 때문이다. 동물에게 남용하는 지나친 항생제는 고스란히 사람에게 질병이라는 이름으로 돌아온다.

바이러스Virus는 생물도 아니고 무생물도 아닌 중간체이다. 바이러스는 얇은 단백질 외막과 핵산(DNA나 RNA와 같은 유전물질)으로 이루어져 있으며, 세균보다 훨씬 단순한 구조를 가지고 있다. 스스로 증식할 수 없으며 숙주에 기생해야만 증식할 수 있다. 세포와 달리 호흡과 영양과 같은 대사를 전혀 하지 않는다. 단순한 구조로 소독과 방역만으로도 99.9% 제거가 된다. 세균은 1~5㎛(마이크로미터, 100만 분의 1m)정도이고 바이러스는 30~700㎚(나노미터, 10억 분의 1m)로 세균보다 훨씬 작다. 바이러스는 아주 작은 미세먼지(지름 2.5㎛)보다 더 작아 때로는 마스크도 통과할 수 있다. 그래서 마스크를 써도 바이러스 질환은 감염될 수 있다.

백신은 병이 걸리기 전에 미리 맞는 예방약이다. 백신의 원리는 병원성을 제거한 병원체(세균 또는 바이러스)를 주입함으로 미리 항체를 만들어놓는 것이다. 외부물질에 대해 항체를 만들어 대비하는 우리 몸의 면역 원리를 이용한 것이다. 백신의 종류로는 사백신과 생백신이 있으며 최근에 개발된 mRNA백신도 있다. 사백신은 병원체를 완전히 사멸시켜 만들므로 병원성이 전혀 없다. 생백신은 병원체를 약화시켜 주입함으로 때론 병원성이 나타날 수 있으나 사백신에 비해 면역 기간이 길다는 장점이 있다.

감기와 바이러스

바이러스를 사멸하는 것은 항바이러스제이다. 우리가 잘 알고 있는 항바이러스 치료제는 타미플루Tamiflu이다. 2009년 신종플

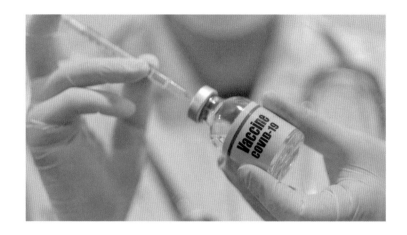

루의 치료제로 꽤 유명해졌다. 타미플루는 상품명이고 원래 약품 이름은 오셀타미비어Oseltamivir이다. 오셀타미비어의 작동원리는 바이러스 표면에 있는 단백질인 뉴라미니다아제 저해제로서 감염시키려는 숙주세포 안으로 침투하지 못하게 하는 것이다.

감기의 원인은 리노바이러스와 코로나바이러스이다. 항상 바뀌는 변이 바이러스라 백신도 치료제도 없고 제약업계에서도 만들려고 하지 않는다. 감기로 인한 증상들인 콧물, 열, 염증 등을 줄이는 종합감기약은 증상완화제일 뿐이다. 바이러스 증식 억제와는 전혀 무관하다. 그러므로 바이러스를 억제하는 치료제로 기대해서는 안 된다. 감기가 나았다는 것은 내 몸속 의사인 면역력으로 바이러스를 이겼다는 것이다. 건강할 때는 인체 면역력으로 세균과 바이러스를 이겨낼 수 있다. 감기약은 증상이 너무 심할 때 완화시키려는 목적으로만 몸의 상태에 맞게 복용해야 한다.

정말 세균과 바이러스가 문제일까?

질병의 원인에 대해서는 두 가지 측면에서 함께 봐야 한다. 세균과 바이러스는 물론 사람이 만들어낸 환경도 중요하게 볼 필요가 있다. 각종 감염병의 유래를 보면 인간과 동물, 동물과 균의 균형이 깨어진 데서 온다. 중세 유럽 인구의 3분의 1을 죽음에 이르게 한 흑사병Pest의 원인은 페스트균Yersinia Pestis으로 인한 세균성질환이다. 이 세균은 본래 쥐를 숙주로 삼아 살고 있었고 쥐에게는 증상을 일으키지 않았다. 그런데 중세에 활발한 교류가 일어나면서 환경의 변화가 오기 시작했다. 사람과 쥐와 균은 일정 거리를 유지하며 서로의 영역을 침범하지 않다가 안정적인 관계가 깨지면서 이 균이 사람과 가축에게 전파된 것이다. 환경의 변화가 일어날 때 균은 치명적으로 변할 수 있다.

《총 균 쇠》의 저자 제레드 다이아몬드Jared Diamond도 균 자체보다 감염병으로 인한 환경의 변화를 주목했다. 1만 년 전 농업혁명이 시작되기 이전에는 감염성 질환이 거의 없었다. 천연두는 바이러스성 질환으로 문명이 발달하면서부터 사람들에게 찾아왔다. 오랜 기간 수억 명의 사람을 괴롭히다가 1980년 세계보건기구WHO에 의해 완전히 종식되었다. 대부분의 감염병은 위생과 영양상태가 좋아지면서 사라졌다. 위생과 영양상태가 좋았던 1911~1945년에 미국의 1세에서 14세 아이들 중 디프테리아, 홍역, 성홍열, 백일해로 인한 사망자가 95% 감소했다. 전 세계적으로도 1940~1950년대에 감염병은 줄어드는 추세에 있었다. 백신의 개발과 맞물려 있던 시기라 백신 덕에 감염질환이 사라진 것처럼 보였고 대부분 그렇게 믿고 있지만 그것만을 이유로 보기는 어렵다. 앞으로 다가올 감염성 질환에 대해서도 항생제와 항바이러스제, 백신만으로 해결하려는 생각은 조금 달리할 필요가 있다.

오히려 환경이 더 중요하다

세균과 바이러스는 늘 우리 곁에 있었다. 이들을 없애겠다는 생각보다는 증식하지 않도록 하는 환경을 만드는 것이 더 중요하다. 19세기 말 파스퇴르Louis Pasteur가 주장한 '세균설'은 현대의학의 근간을 이루게 되었다. 파스퇴르는 인체는 무균이고 공기 중의 세균이 질병을 일으킨다고 주장했다. 세균을 박멸하는 것만이 질병의 해결책이라 여겼다. 이 이론이 쉽게 대중화될 수 있었던

이유는 질병의 원인이 단순하기 때문이다. 이는 이후 질병은 세균, 바이러스, 호르몬 결핍 등 단순한 이유로 발생한다는 이론으로 확립되었다. 몸을 기계로 보는 관점에서는 매우 쉽고 합리적이다. 지금도 이 이론 덕분에 항생제와 항바이러스제, 항암제, 백신 등의 생산으로 제약산업이 엄청난 성장을 하고 있다. 하지만 파스퇴르는 의학이나 생리학을 공부하지 않은 화학자였다. 이 화학자의 관점이 잘못되었다는 것은 훗날 밝혀졌다. 생명체에는 세균이 반드시 있어야 생명을 유지할 수 있으며 무균상태에서는 생명을 유지할 수 없다.

같은 시대에 세균설보다 내부환경설을 주장한 클로드 베르나르Claude Bernard와 안톤 베샴Antoneine Bechamp이 있다. 이들은 내부환경이 균형을 잃어버리면 기능을 상실하고 병에 걸린다고 주장했다. 따라서 올바른 영양소와 체액을 중요시하며 몸에 노폐물이 되는 독소는 배출해야 할 것을 강조했다. 세균도 아무 환경에서나 증식하는 것이 아니라 인체 내부환경이 병들었기 때문에 증식한다는 것이다. 파리나 모기는 물이 더러운 곳에 모이지 깨끗한 물에는 모이지 않는다는 말과 같다. 더 거슬러 올라가 고대 의성 히포크라테스Hippocrates도 인체 내부환경이 몸의 건강상태를 결정짓는다고 했다. 그가 주장한 네 가지 요소는 몸의 영양상태, 독소상태, 산과 염기의 균형, 전하의 균형이었다.

이제는 파스퇴르의 질병세균설보다 내부환경설을 조금 더 주목해볼 필요가 있다. 인체 내부를 건강하게 만드는 것에 집중한다면 세균과 바이러스를 지나치게 두려워할 이유가 없다. 신약 개발은 누군가는 해야 할 일이지만 모든 사람이 약을 의지해서 살아야 하는 것은 아니다. 가족들에게 약을 쉽게 처방하고 먹이는 의료인들은 많지 않다는 사실을 생각해볼 필요가 있다.

📌 기억하자

1 세균은 미생물이고 바이러스는 생물과 무생물의 중간물질이다.
2 질병은 환경의 변화에서 시작한다.
3 세균과 바이러스보다 몸을 지키는 내부환경이 중요하다.

내 몸의 1차 방어선
피부와 점막

피부와 점막의 건강이 면역력을 결정한다

이물질이 입과 코를 통해 인체에 들어올 때 피부와 점막이라는 첫 번째 방어시스템을 만난다. 우리 몸의 외부를 감싸는 막이 피부이고 내부를 감싸는 막은 점막이라고 한다. 입은 소화기점막으로 연결되고 폐는 기관지점막으로 이루어진다. 피부와 점막 안쪽에는 모두 면역세포가 자리잡고 있다. 피부와 점막이 얇고 결합력이 약할수록 방어능력도 약해질 수밖에 없다.

면역력을 키우는 중요한 요소는 피부와 점막의 건강이다. 피부는 약산성을 띤다. 피부결합력이 약해 피부가 너무 얇다면 병원체가 쉽게 침투하게 된다. 피부가 너무 얇아지지 않도록 건강을 유지할 때 병원체로부터 우리 몸을 지켜낼 수 있다.

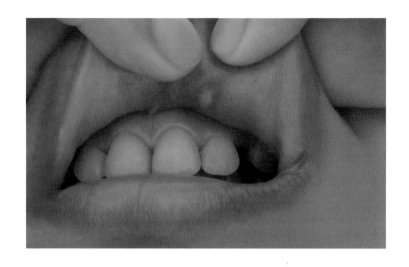

　　점막은 몸속의 피부라고 할 수 있다. 점막은 점액질로 덮여서 보호를 받고 있다. 건강한 점막은 건강한 강아지의 코처럼 촉촉하고 부드러운 촉감이다. 입속과 위장, 생식기도 점막으로 덮여 있다. 우리는 점막에 대해 잘 모르지만 오히려 점막질환에 대해서는 익숙하다. 평소엔 괜찮다가도 피곤하면 입속 점막에 구멍이 뚫려서 통증을 호소하는 구내염이 대표적인 점막질환이다. 위염과 위궤양, 식도염, 생식기 점막에서 일어나는 베체트병도 모두 점막질환이다. 장의 점막이 지속적으로 약해지면 장누수증후군이 일어난다. 장누수증후군은 장점막이 느슨하게 결합되어 장내물질이 몸속으로 흘러들어가 크론병과 궤양성대장염 등 각종 염증을 일으키는 원인이 된다. 점막의 약한 상태는 곧 질병으로 나타난다.

나쁜 음식을 먹어도 괜찮은 이유

우리 입속으로 들어가는 음식이 늘 좋은 상태는 아니다. 우리가 자주 먹는 패스트푸드도 각종 첨가물이 섞인 가공식품이다. 그렇지만 패스트푸드를 먹었다고 해서 바로 생명이 위태롭거나 하는 큰일을 겪지 않는다. 좋지 않은 음식을 먹으면서도 생명을 유지할 수 있는 것은 우리 몸이 나쁜 성분들을 배출해내는 아주 정교한 생명체이기 때문이다. 이물질을 때로는 걸러내기도 하고 받아들이기도 하면서 마치 시소 타기처럼 생명을 유지하는 균형이 멋지게 작동되고 있다. 이러한 신기한 능력은 외부물질을 처리하는 몸속의 다양한 세포에게 그 비밀이 있다. 세포에 대해 이해하면 전반적인 면역을 지키는 나만의 방법도 알게 된다.

자주 나쁜 음식을 먹는데도 어떻게 몸이 잘 견뎌주는 것일까? 해독장기라고 알고 있는 간 혼자서 이 모든 나쁜 물질들을 걸러내는 것일까? 물론 간의 기능은 매우 중요하다. 하지만 간뿐만 아니라 우리 몸속 모든 세포들이 언제든지 이물질로부터 보호해주려는 방어작용을 하고 있다.

음식을 섭취하고 그 속에 들어 있는 영양성분을 흡수하는 기능은 소장의 상피세포가 한다. 음식을 섭취하면 영양분은 반드시 흡수하고 불필요한 찌꺼기는 내보내야 한다. 소장 상피세포는 키가 큰 육각기둥 모양의 세포로 장내 다양한 물질이 장 바깥으로 흘러나가지 않게 지켜준다. 이 세포가 음식물의 찌꺼기들

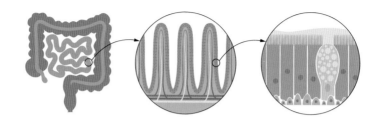

과 알레르기가 될 수 있는 물질들을 차단하고 있다. 소장 상피세포의 수명은 불과 5일이다. 노화된 상피세포는 림프구와 대식세포가 먹어서 제거해준다. 이렇듯 면역세포는 이물질뿐만 아니라 우리 몸속에 불필요한 노화세포도 처리하는 기능을 한다.

또한 소장융모에는 유해물질을 받아들이며 면역의 경험을 넓혀주는 M세포가 있다. 소장융모의 림프절을 페이어스 패치Peyer's Patch라고 하는데 이 림프절의 상피가 M세포이다. 소장융모에 주름이 많아서 주름Microfold의 첫 알파벳 M에서 따와 이름이 M세포가 되었다. M세포는 외부물질과 차단된 장에서 유일하게 세균과 바이러스를 통과시키는 창문과 같은 역할을 한다. M세포의 허용하는 특성 때문에 감염원에 감염되는 문제가 일어날 수도 있다. 하지만 그보다 우리 몸에 외부항원을 인식하게 하여 항체와 면역능력을 키워주는 역할이 중요하다. 온실 속의 화초는 벌레와 세균에 대한 대항능력이 없겠지만 온실 밖의 화초는 다양한 이물질에 대한 경험이 쌓여 대처능력을 키우므로 더욱더 강해질 것이다. M세포가 열어주는 창문을 통해 그 주변에 대기하고 있던 면역세포들(림프구, 수지상세포)이 준비를 한다. 이들 면역세포는 후천면역의 주인공으로 다음 페이지에서 자세히 설명할 것이다.

📌 **기억하자**

1 피부와 점막의 건강이 면역력을 결정한다.
2 구내염, 위염, 대장염 등이 점막질환이다.
3 나쁜 음식을 먹어도 바로 병이 걸리지 않는 이유는 점막이 항원으로부터 몸을 지켜주기 때문이다.

2단계 면역 전략이
내 몸을 살린다

선천면역에서 일하는 면역세포

몸에는 두 가지 면역단계가 있다. 선천면역과 후천면역이다. 선천면역은 이물질이 들어왔을 때 즉시 일어나는 면역반응이다. 이 반응에는 대식세포, NK세포와 호중구가 일을 한다. 몸속에 들어온 세균이나 바이러스, 이물질은 먼저 대식세포를 만나게 된다. 대식세포는 이물질에 대해 빠르고 똑똑하게 움직인다. 대식세포는 불필요한 세균과 바이러스, 노화세포와 암세포까지 모두 처리하는 청소부 세포다. 즉각적으로 일을 하다 보니 외부로부터 방어를 해야 하는 체내 모든 조직에 존재한다. 대식세포가 있는 위치에 따라 이름이 달라진다. 혈액에 있을 때는 단핵백혈구, 폐에서는 폐포대식세포, 복강에서는 복강대식세포, 간에서는 쿠

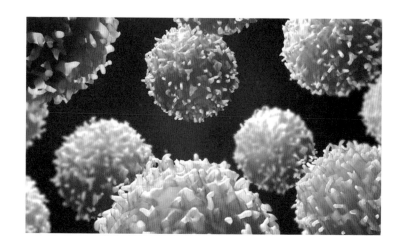

퍼세포, 중추신경계에서는 소교세포, 비장과 골수와 림프절에서는 수지상세포로 불린다.

대식세포가 하는 또 다른 중요한 일 중 하나는 후천면역반응을 일으키는 것이다. 후천면역은 선천면역으로 해결되지 않는 이물질을 한 번 더 정교한 무기를 만들어 방어하는 면역반응이다. 후천면역은 반드시 선천면역 5~7일 후에 일어난다. 이것을 유도하는 세포가 대식세포다. 대식세포는 리소좀이라는 곳에 이물질을 처리할 수 있는 총과 같은 무기를 저장해둔다. 이 무기가 바로 사이토카인Cytokine, 케모카인Chemokine이다. 이 무기가 사용되면 T세포와 B세포에 신호를 전달함으로 면역반응을 활발하게 만든다.

호중구는 바이러스가 우리 몸의 점막을 통해 접근하면 바로 반응한다. 마치 최전방에서 싸우는 군인처럼 감염부위에 가장 먼저 도착해 포식작용을 해서 처리한다. 이 활동으로 다른 면역 세포들을 자극시킨다. 호중구는 백혈구 중 하나로 백혈구의 약 70~80% 많은 비중을 차지한다.

NK세포는 Natural Killer Cell, 즉 자연살해세포라고 하는 백혈 구의 일종이다. 우리 몸에 1억 개 정도가 있어서 암세포를 비롯 하여 이물질을 바로 처리하는 일을 한다. NK세포는 다양한 무기 를 가지고 있는데 세포에 구멍을 내는 퍼포린Perforin, 세포를 사멸 시키는 그랜자임Granzyme이 있다. 또한 T세포와 B세포를 일하게 하려고 사이토카인과 케모카인을 분비하기도 한다.

후천면역의 면역세포

몸에 들어온 이물질을 제거하는데 선천면역만으로 해결이 안 될 때 몸은 더 고차원적인 후천면역반응을 일으킨다. T세포와 B세 포가 후천면역세포이다. 후천면역은 선천면역이 할 수 없는 기억 면역을 한다. 한번 들어온 바이러스의 특징을 기억하고 그것에 맞는 항체를 만들어낸다. 이것이 백신의 원리이다. 다음번에 같 은 병원체에 대해 빠르게 항체를 만들어내는 똑똑한 기능이다.

최전방에서 싸우던 대식세포는 지원군이 필요할 때 소문을 내 서라도 이기려고 한다. 우선 감염물질을 조각내서 자기 몸에 붙 인다. 그다음에 침입자가 들어왔다고 알리면 이 소문을 듣고 T세

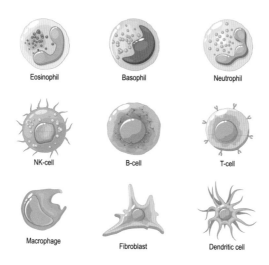

Eosinophil · Basophil · Neutrophil · NK-cell · B-cell · T-cell · Macrophage · Fibroblast · Dendritic cell

포가 활성화된다.

T세포는 흉선Thymus에서 성숙과정을 거치기에 앞 글자를 따서 T세포라고 한다. 대식세포의 알림으로 보조 T세포가 활성화된다. 이후 세포독성 T세포를 깨워서 일을 시킨다. 세포독성 T세포는 이름 그대로 감염된 세포를 직접 살해한다. 그리고 보조 T세포는 잠자던 B세포도 깨워서 일하게 만든다. T세포는 잠자던 B세포 군사를 깨워 아주 훌륭한 일꾼을 또 만들어낸다. 그것이 우리가 잘 알고 있는 항체Antibody다. 항체는 바이러스를 정확하게 처리하는 맞춤용 단백질이다. 백신은 이 항체를 만들기 위해 미리 주입하는 예방용 이물질이다.

백신이 작용하는 면역의 원리는 자연면역과는 차이가 있다. 자연면역은 입과 코의 점막으로 들어온 이물질이 후천면역에 의해 자연항체를 서서히 만든다. 이물질은 점막을 통과하면서 몸에 여러 면역세포들을 순차적으로 자극한다. 그러나 백신면역은 근육이나 혈액으로 이물질이 직접 들어온다. 점막의 면역세포기전을 거치지 않는다. 마우스 실험을 통해 mRNA백신을 근육으로 주사할 때와 정맥주사할 때 심근염의 유무를 확인했다. 근육주사 시에는 정상이던 심장이 정맥주사 시 심근염이 발생한 것으로 확인되었다.

'코로나19에도 자연면역이 백신면역보다 3~6배 효과가 좋았다'는 연구결과도 있다. 몸을 기계적으로 바라보는 관점에서는 백신면역과 자연면역의 차이점을 쉽게 간과할 것이다. 그러나 몸은 자연이고 순리에 따라 움직인다는 사실을 잘 이해한다면 어떤 면역이 우리에게 더 이로울지 알게 될 것이다. 혈관으로 이물질이 직접 들어올 때 일어날 수 있는 다양한 문제들에 대해 우리는 대비책을 세워놓아야 한다. 백신이 누군가에게는 절실할 수도 있지만 누군가에게는 돌이킬 수 없는 부작용을 줄 수도 있기 때문이다.

포유류의 B세포는 골수Bone Marrow, 조류에서는 파브리키우스 소낭Bursa of Fabricius에서 생산한다. 포유류의 B세포는 골수에서 만들어져 비장Spleen에서 성숙한다. 처음으로 낯선 항원이 들어왔을 때는 T세포의 자극으로 항체를 열심히 만든다. 하지만 두 번째 경험할 때는 기억을 해두었다가 스스로 바로 만들어내는 기억세포가 작동한다. 이런 면역기능을 하는 세포들이 뼈의 골수, 흉선, 간, 비장, 폐, 혈액, 복강 등 우리 몸 곳곳에 있다. 몸이 한번 경험한 낯선 병원체를 기억한다는 차원에서 우리 몸은 놀랍고 경이로운 능력이 있음을 깨닫게 된다.

골수는 적혈구뿐만 아니라 백혈구와 혈소판도 만드는 만능조직이다. 면역력이 커지기 위해서는 골수의 혈구생성능력이 좋아져야 한다. 몸은 원료를 사용해 스스로 세포를 만든다. 끊임없이 생산하고 구성하고 고장 나면 고치는 일을 해내고 있다. 마치 숲에 들어오는 강물이 오염되면 숲속에 있는 다양한 나무가 병들게 되는 것처럼 골수가 약하면 만들어지는 모든 세포의 기능이 약할 수밖에 없다. 근본을 중시하면 이후에 일어나는 과정들이 좋은 결과를 만들어낸다.

면역은 살기 위한 생명의 반응이다

면역반응은 몸에 들어온 적을 처리하는 과정에서 일어나는 자연스러운 신체반응이다. 평화상태가 아니라 몸 곳곳에서 아군과 적군이 맹렬히 싸우는 전쟁상태다. 상식적으로 생각해도 전쟁터는 조용하거나 평화롭지 않다. 병원체와 싸우느라 온몸에서 열이 나고, 통증이 있으며, 통증 부위가 빨갛게 부어오르고 매우 피곤하다. 병원체를 처리한 면역세포들은 함께 죽으며 이물질을 만들어내는데 그것이 가래나 고름이 된다. 그 과정 중에 콧물이 흐르고 기침이 나기도 한다. 나가야할 것들이 나가는 자연스러운 반응이다. 그런데 이 증상 자체가 문제인줄 알고 약을 써서 증상을 누른다. 예를 들면 히스타민이라는 단백질은 콧물이 나오게 하는데 항히스타민제를 써서 콧물을 멈추게 한다. 그러면 단지 콧물이 나오지 않을 뿐 병원체를 처리한 것은 아니다. 몸에서 자연스럽게 노폐물이 배출되는 기능을 차단하는 효과일 뿐이다. 지나친 콧물이나 기침 외에 웬만한 증상은 누르기보다 자연스럽게 나가도록 하는 것이 좋다.

▶ 정리하자

- **T세포** 흉선에서 유래하는 림프구로 역할에 따라 헬퍼 T세포, 세포독성 T세포, 조절 T세포, 자연살해 NK세포 등으로 나뉜다. B세포에 정보를 제공하여 항체 생성을 돕는다.
- **B세포** 골수에서 유래하는 림프구로 T세포의 자극을 받아 항체를 생성한다. 기억능력을 가지고 있어 한번 몸속으로 들어온 항원에 대한 항체생성이 가능하다. 후천면역에서 중요한 역할을 함으로 백신개발의 원리를 제공한다.

📌 기억하자

1 선천면역에 관여하는 세포는 대식세포, NK세포, 호중구이다.
2 후천면역에 관여하는 세포는 T세포와 B세포이다.
3 면역반응은 살기 위한 몸의 작용이다.

왜 면역항암제는
노벨상을 받았을까?

세균설에 기인한 약의 부작용

모든 약은 몸의 질서를 깨뜨려 작용한다. 그래서 장기복용 시 부작용이 생기기 쉽다. 이 부작용은 이내 다른 장기에 영향을 줘서 새로운 약을 필요로 하게 한다. 예를 들면 고지혈증약은 콜레스테롤 합성을 막아 횡문근융해증이라는 부작용을 낳는다. 이 부작용을 치료하기 위해 또 약을 먹어야 한다. 또 다양한 약들을 동시에 복용할 경우 상호부작용이 생기기도 한다.

가장 부작용이 심하다고 알려진 약은 1세대 항암제이다. 개발자들은 질병세균설의 영향으로 암세포를 공격하고 제거해서 치료한다는 전략을 세웠다. 이에 따라 독한 항암제를 개발하는 것에 포커스를 두었다. 우리가 많이 알고 있는 독한 항암제는 1세

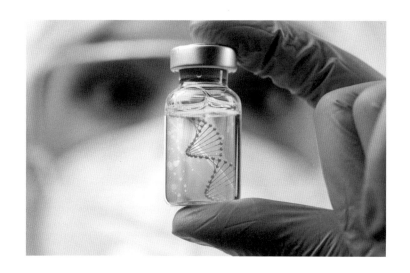

대 세포독성 항암제다. 부작용으로 머리가 빠지고 음식을 소화하지 못한다. 항암제의 원리가 빠르게 분열하는 세포를 타깃으로 하기 때문에, 암세포와 함께 빠르게 분열하는 두피세포와 위장상피세포도 함께 공격한다.

2세대 표적항암제는 1세대 항암제를 보완했다. 암세포의 일부 유전자를 타깃으로 함으로 정상세포를 공격하지 않는다. 하지만 암세포는 공격을 받으면 어느새 자기 모습을 바꾸며 유전자변이를 일으킨다. 표적항암제는 초기 효과는 좋지만 시간이 흐르면 내성이 생겨 약효가 없다. 1세대 항암제와 병용해서 사용할 때 이전보다는 좋은 결과가 나오고 있긴 하지만, 여전히 한계가 있다. 두 항암제의 공통점은 암세포 자체를 공격한다는 것이다.

3세대 항암제는 면역항암제이다. 기존 세균설의 패러다임을 깨고 새로운 관점으로 접근했다. 몸의 질서를 회복하는 내부환경설에 가까운 항암제로 일부 암에 대해 완치라는 기적을 이루어냈다. 2015년, 91세의 나이였던 미국의 전 대통령 지미 카터는 치료법이 없었던 뇌종양을 면역항암제로 완치했다. 면역항암제는 위암과 폐암, 식도암, 신세포암, 방광암 등 10개 암에서 성과가 나타났다. 이처럼 놀라운 성과를 나타낸 면역항암제는 앞으로 항암제 시장을 이끌어갈 것으로 보인다. 2018년, 면역항암제의 원리를 발견한 일본 교토대학교 교수 혼조 다스쿠本庶佑와 미국 텍사스대학교 엠디앤더슨 암센터 교수 제임스 앨리슨James P. Allison이 노벨 생리의학상을 수상했다.

몸의 질서에 가까워지는 신약, 면역항암제

면역항암제는 1, 2세대 항암제의 단점을 드라마틱하게 보완했다. 일단 장기간 항암효과가 지속되어 환자들이 오랜 기간 생존 가능하다. 또한 다양한 암에 대해 그 효과가 폭넓게 적용될 수 있다. 약을 중단하더라도 인체의 면역체계가 암세포를 기억하여 계속 면역작용을 한다. 환자들에게 2~4년이 지나도 약물반응이 지속되고 완치에 가까운 효과가 있는 것으로 알려져 있다.

　면역항암제의 원리는 몸의 면역작용을 이해하고 면역세포의 기능을 최대한 강화시켜 직접 암세포를 제거하는 방식이다. 대표적인 두 가지 면역항암제 종류는 면역체크포인트억제제와 면역세포치료제이다. 면역체크포인트억제제는 암세포를 처리하는 T세포의 약해진 기능을 강화시킨다. 쉽게 말해 T세포의 능력을 키워줌으로써 둔갑한 암세포를 알아보고 처리해준다는 의미이다.

면역세포치료제Immune Cell Therapy는 몸속 면역세포를 몸 밖으로 채집한 뒤 강화시켜 다시 몸속으로 넣어주는 치료방식이다. 능력이 강해진 면역세포가 암세포를 해결한다. 대표적으로 T세포수용체T Cell Receptor, TCR, 키메릭항원수용체Chimeric Antigen Receptor, CAR 세포치료제가 있다. 1세대 세포독성 항암제보다 부작용은 덜하다. 그러나 면역체계가 활발해져서 면역세포들의 정상세포까지 공격할 수 있다고 한다. 부작용으로 갑상샘질환과 간염, 폐렴, 장염 등이 일어날 수 있다.

몸의 내부환경을 끌어올려 병을 이겨내는 자연스러운 방식을 선호하는 사람들에게 면역항암제는 희망의 결과물이다. 하지만, 3세대 면역항암제보다도 더 좋은 최고의 약은 몸의 질서를 따르는 방식이다. 질서 있는 라이프스타일을 갖추는 것이 어떤 일을 할 때도 최고의 효과를 낼 것이다.

📌 **기억하자**

1 세균설로만 접근하면 부작용이 심한 약이 만들어진다.
2 내부환경설로 접근하면 몸의 질서가 회복되는 약이 만들어진다.
3 몸의 질서가 회복되어야 병이 근본적으로 해결된다.

기저질환,
왜 문제일까?

기저질환이란?

기저질환基底疾患, Underlying Disease은 어떤 질병의 원인이나 밑바탕이 되는 질병으로 보통 지병이라고 한다. 주요질환으로 암, 만성폐질환, 당뇨병, 만성심혈관질환, 만성신부전증, 만성간질환이 있다. 또 여러 요인으로 인해 면역력 저하상태가 되기도 한다. 자세한 주요질환과 면역력 저하상태는 아래 표와 같다.

구분	주요질환
내분비장애	뇌하수체기능이상, 당뇨, 신질환
심혈관질환	고혈압, 만성류마티스성 심장질환, 심근경색, 심근염, 심부전, 판막질환
만성신장질환	만성신부전, 사구체질환

만성호흡기질환	기관지 확장증, 기타간질성 폐질환, 만성 폐쇄성질환, 진폐증, 천식, 폐기종
신경계질환	간질, 뇌성마비, 다계통위축증, 중추 신경계 탈수초질환, 척추손상, 치매, 파킨슨병
소화기질환	간경변, 낭포성 섬유증, 만성 B형간염

출처: 질병관리청

면역 저하자의 범위

- 종양 또는 혈액암으로 항암치료를 받고 있는 경우
- 장기이식 수술을 받고 면역억제제를 복용 중인 경우
- 조혈모세포 이식 후 2년 이내인 환자(또는 이식 후 2년 이상 경과한 경우라도 면역억제제 치료를 받는 경우)
- 항체 결핍, DiGeroge Syndrome, Wislott-Aldrich Syndrome 등 일차(선천)면역결핍증
- HIV 감염 환자(현재 CD4 + T세포수 200/ul 미만)
- 고용량의 코르티코스테로이드 또는 면역을 억제할 수 있는 약물로 치료를 받고 있는 경우
- 이외에도, 상기 기준에 준하는 면역저하자로서 부스터 접종이 필요하다고 판단되는 경우

출처: 질병관리청

기저질환을 가지고 있는 몸은 장기와 조직이 약해져 정상적인 기능을 하기 어렵다. 매 순간 세포를 만드는 능력과 다양한 효소와 신호물질과 호르몬 생산 등 모든 기능이 취약하다. 영양소를 먹고 찌꺼기를 버리는 해독기능도 잘 되지 않는다. 어쩌면 몸은 이미 넘쳐나는 노폐물을 처리하기 위해 지칠 대로 지쳐 있다. 결론적으로 기저질환 상태에서는 건강한 세포가 만들어지지 않고 쓸모없는 노폐물이 잘 제거되지 않는다.

기저질환과 세포 생성

사람의 몸은 쉴 새 없이 새로운 세포를 만들어내고, 이 작용은 의식하지도 못한 채 죽을 때까지 반복된다. 적혈구는 1초에 200만 개가 생성되고 사멸되고 있다. 위장상피세포는 5일 만에 새로운 세포로 바뀐다. 뼈는 2~7년이 걸린다. 온몸은 세포들이 이루고 있는 신비한 유기체이다. 면역작용을 하는 면역세포 또한 우리 몸에서 만들어진다. 건강한 세포를 만들기 위해서는 세포에 꼭 필요한 영양소가 있어야 하며 노폐물이 잘 배출되는 해독의 기능이 원활해야 한다.

고혈압, 고지혈증, 당뇨병이 있는 상태에서는 영양과 해독의 상태가 원활하지 못하다. 대사질환이라 불리는 3대 질환을 앓는 사람은 이미 1천만 명을 넘어섰다. 우리나라에 20대 이상 고혈압이 있는 사람은 1천 200만 명, 당뇨는 전단계까지 포함하면 1천만 명이다. 이 많은 사람들이 모두 가족력 때문에 생긴 증상은 아닐 것이다.

만성질환과 유전자 변이

고혈압과 고지혈증, 당뇨병은 모두 연결되어 있다. 세 가지 질환이 모두 있는 사람들의 경우 심근경색에 걸릴 확률이 2~3배 높고, 뇌졸중을 가진 사람들의 64%는 고혈압을 가지고 있다. 정확한 원인을 알 수 없다고 하지만, 식습관이 바뀌면서 찾아오는 경우가 많다. 고혈압, 고지혈증, 당뇨병, 뇌졸중, 심근경색은 모두 혈관질환이라고 할 수 있다.

혈관질환의 원인은 한국인이 자주 섭취하는 정제된 탄수화물 때문이다. 정제된 탄수화물은 흡수가 빨라 고혈당을 일으키고 장기간 지속되면 고지혈증이 온다. 몸에 불필요한 당은 글리코겐과 지방 형태로 바뀌어 저장되기 때문이다. 혈관 내 지방이 많아지면 혈관이 좁아지면서 압력이 높아 고혈압이 오게 된다. 혈압을 높여서라도 심장은 모세혈관까지 혈액을 보내야 한다. 혈관의 압력이 높아지면 혈관내피세포가 빠르게 지나가는 혈관 내 세포와 물질들로 인해 상처를 입고 염증이 생긴다. 지속되면 동맥경화가 일어나 혈액순환이 더욱 어려워져 염증이 생기고 막히는 일까지 일어날 수 있다. 그러다보면 심장이 영양공급을 받지 못해 심근경색이 발생한다. 비슷한 원리로 뇌로 가는 혈관이 막히면 뇌졸중이 일어나게 된다.

또한 암은 하루아침에 생기는 병이 아니다. 암은 오래된 만성 염증상태에서 일어난다. 약 10억 개의 세포가 모여서 $1cm^3$가 되었을 때 종양으로 진단하는데 이렇게 되려면 약 10~20년이 걸린다. 오랜 시간이 걸려서 진행되는 질병을 만성질환이라고 한다. 만성질환은 유전자질환에서 온 것이라고 보기 어렵다. 태어나면서 발현되는 유전자표현형 때문에 걸린 질병들(예를 들면 다운증후군) 외에 만성질환은 농업혁명시대에 확실하게 증가했다. 수렵채집생활을 하던 1만 년 전에는 만성질환이 존재하지 않았다. 모든 만성질환은 생활습관에 의한 유전자 변이로 인해 발생하는 것이다.

해독의 기능이 떨어져 있다

유독 면역력이 떨어지는 신장환자들의 경우도 마찬가지다. 코로나19 확진자 중 투석환자들은 면역세포가 현저히 감소되어 있다는 연구가 있다. T세포, NK세포 등 면역세포들의 수가 적다. 이렇게 적군들을 방어할 군사가 적다면 면역력이 떨어질 수밖에 없다. 신장은 온몸의 노폐물을 걸러내는 해독과 배설에 아주 중요한 장기다. 이런 신장의 기능이 악화되니 몸은 요독증상태가 된다. 요독의 종류는 100개가 넘는다. 요독으로 인한 증상은 어지럼증, 피부 가려움증, 구토, 식욕감퇴, 불면증, 부종, 호흡곤란까지 이어지기도 한다. 한마디로 집에 쓰레기가 가득 차 가족들이 행복하게 생활할 수가 없는 상태이다.

몸속 노폐물은 림프순환을 통해 배출된다. 여러 이유에 의해 림프순환이 잘 안되면 몸속 노폐물은 배출되지 못하고 자꾸 쌓이게 된다. 몸에 불필요한 것들이 쌓이면 우리 몸의 파수꾼 면역세포는 그것을 제거하려고 한다. 면역전쟁이 일어나 미세염증이 장기적인 염증으로 변한다. 이미 내 몸에 있는 성분들 때문에 전쟁상태인데 외부 바이러스가 들어오면 전쟁을 하기가 어려워진다. 내란이 일어나고 있는 나라가 외부국가로 인한 전쟁에 대비를 잘할 리 없는 이치와 같다.

　이러한 상태에서 바이러스에 감염이 되면 어떻게 될까? 면역세포는 골수에서 만들어지고 혈액을 통해 이동된다. 골수와 혈액이 건강하지 않다면 면역세포가 건강할 수 없다. 혈관에는 무수히 많은 백혈구 같은 면역세포와 다양한 면역물질이 있다. 그렇지만 혈액이 끈끈하고 혈관의 통로가 좁아지면 면역세포가 빠른 대처를 하기가 어렵다.

📌 기억하자

1　기저질환자는 건강한 세포가 만들어지지 않는다.
2　기저질환자는 해독의 기능이 떨어져 있다.
3　기저질환자는 건강한 면역세포의 생성과 역할에 문제가 있다.

전염병과
백신에 대하여

감염병과 전염병

온 세계가 코로나19로 인해 무증상 감염자라는 단어에 대해 익숙해졌다. 감염은 전염과 어떤 차이가 있을까? 감염은 특정 병원체에 노출되는 것을 의미한다. 바이러스, 세균, 곰팡이가 사람에게 침입한 후 증식하는 과정이다. 전염은 병원체에 감염된 사람이 해당 병원체를 다른 사람에게 옮기는 것을 의미한다. 따라서 모든 감염병이 전염병은 아니다. 감염되면 병원체의 증식으로 염증이 일어나므로, 무증상 감염자라는 단어는 어폐가 있다. 염증이 일어나지 않았다면 감염이 아니라 접촉 정도이다. 무증상 감염자라는 단어는 무증상 접촉자라는 단어로 이해하는 것이 더 정확하다.

　사람마다 면역력의 차이는 천차만별이다. 해마다 감기와 독감의 계절이 올 때 어떤 사람은 잘 걸리지 않는 반면 어떤 사람은 독감백신을 맞아도 독감에 걸린다. 무증상 접촉자로 남는 경우도 면역력의 차이 때문에 일어난다. 기회감염도 마찬가지다. 기회감염은 건강한 상태에서는 질병을 유발하지 못하던 병원체가 신체의 면역력이 떨어졌을 때 감염증상을 유발하는 것을 의미한다. 면역력이 떨어지는 요소는 다양하다. 영양의 불균형, 스트레스, 피로, 노화, 약물사용(면역억제제), 장내마이크로바이옴의 변화 등이 있다.

인수공통전염병과 야생동물

인수공통전염병은 1997년 홍콩의 고병원성 조류 인플루엔자 바이러스의 등장으로 급격하게 증가하기 시작했다. 책《동물이 건강해야 나도 건강하다고요?》에서는 인수공통전염병의 유래가 인간의 욕심에서 비롯되었다고 이야기한다. 인수공통전염병이란 어떤 병원체에 의한 감염이 여러 동물에서 사람으로 전염되는 질병이다. 인간은 야생동물을 만지고, 우유나 고기 등을 얻기도 했다. 이 과정에서 홍역, 디프테리아, 백일해, 천연두, 결핵, 탄저병, 광견병 같은 인수공통전염병이 생겼다.

야생동물로부터 생긴 또 다른 질병으로는 사스, 코로나19, 고병원성 조류 인플루엔자, 황열병, 라임병, 에볼라바이러스, 니파바이러스 등이 있다. 또 열대우림에서 살아야 하는 야생동물이 서식지를 잃게 되면서 얻게 된 질병인 에볼라바이러스는 숙주인 과일박쥐를 통해서 전파되었다. 이렇게 보면 과일박쥐가 해로운 동물 같지만 과일박쥐는 해충의 천적으로 농작물에 피해를 주는 해충을 조절한다. 자연 안에서 본인의 역할을 하던 과일박쥐가 삶의 터전을 잃고 사람에게 가까이 오게 된 이유가 있을 것이다. 사람들이 늘 값싼 소고기를 먹고, 팜유가 들어간 과자와 라면, 초콜릿을 먹을 수 있도록 열대우림을 소 사육지와 팜유 농장으로 변경하는 과정에서 자연이 훼손되고 과일박쥐가 집을 잃어버렸다.

인간의 욕심이 자연생태계를 파괴하고 있다. 2020년 세계자연기금의 보고에 의하면 전 세계 야생동물 개체군은 약 68%, 생물의 수는 72%까지 줄어들었다고 한다. 생물다양성이 줄어들면 인간에게 어떤 피해로 돌아올지 모른다. 열대우림의 40%를 차지하는 아마존은 대형화재로 2019~2020년 사이에 1만 1천cm²의 우림을 잃었다. 이러한 환경파괴가 새로운 인수공통전염병과 신종 감염병을 유발하는 이유가 된다. 사람은 자연과 미생물과 함께 공존하는 존재이다. 자연과 생물을 파괴하는 만큼 인간의 질병으로 고스란히 돌아오게 된다.

백신과 치료제

새로운 병원체에 대한 저항력을 기르기 위해 개발한 것이 백신이다. 백신은 미리 병원체의 일부를 혈관에 주입해서 면역체계를 활성화시켜 실제 병원체가 들어왔을 때 항체로 이겨낼 수 있도록 만든 예방약이다. 그러나 대개 돌연변이 바이러스에 대해서는 백신을 만들지 못한다. 해마다 감기가 유행하지만 감기에 대해서는 백신도 치료제도 없는 이유이다. 감기바이러스는 늘 변이가 되는 리노바이러스, 코로나바이러스이기 때문이다. 또한 백신의 안전성에 대해서 되짚어볼 필요가 있다. 백신은 바이러스 조각과 약 30가지 성분으로 구성된 화학물질이다. 보존제로 페놀, 페녹시 에탄올이 들어갈 수 있고 면역증강제, 스쿠알렌, 백반, 당분, 아미노산, 젤라틴, 알부민, 첨가제와 안정제가 들어간다.

《예방접종이 오히려 병을 부른다》의 저자 안드레아스 모리츠는 백신의 성분이 사람에 따라 위험한 부작용을 수반할 수 있음

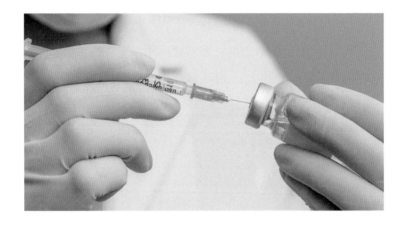

을 지적한다. 백신의 성분도 화학물질이기에 안심할 수 없다. 인체의 자연면역에서는 호흡기점막이나 소화기점막을 통해 바이러스가 침투된다. 점막부터 바이러스를 지켜주고 점막 아래 수많은 면역세포들이 서로 신호를 주고받으며 면역체계를 활성화시킨다. 약 5일이 지나면 바이러스에 대한 항체도 만들어낸다.

또한 백신은 거대한 자본주의 제약산업의 아주 활용도가 높은 도구가 되기도 한다. 새로운 바이러스에 대비해야 하니 백신을 미리 맞아서 면역력을 키워야 한다는 논리는 얼마나 매력적인가? 앞으로는 신종 바이러스에 대한 백신 말고도 노화백신, 암백신 등도 나온다고 한다. 인간의 질병은 언제든 산업도구가 될 수 있다.

한편, 백신 반대론자들은 전염병의 원인을 병원체보다 내부환경에 집중한다. 파리나 모기가 더러운 물에 모이지 깨끗한 곳에 오지 않는다는 이론처럼 전염병은 낙후된 위생과 영양섭취의 부족으로 발생한다는 것이다. 불과 200년 전에는 의사가 해부를 한 뒤에 손을 씻지 않고 산모의 아이를 받았다고 전한다. 산모가 자꾸 죽는 이유를 살피니 손을 씻지 않은 것이 원인이었다. 이처럼 위생의 개념이 자리 잡은 지는 불과 200여 년의 역사밖에 되지 않는다. 백신 반대론자들은 만약 위생과 영양이 균형 잡혀 있다면 전염병은 확산되지 않고 개인의 면역력이 이를 이겨낼 수 있다고 주장한다. 어느 정도 근거도 있다. 위생과 영양상태가 좋아진 1940년대 이후로 콜레라, 홍역, 천연두 등의 전염병은 이미 감소했다.

백신 예찬론자들은 비과학적이라는 말로 백신 반대론자들을 비판한다. '과학적이다'라는 단어가 주는 신뢰는 종교를 능가할 정도다. 사람들은 '과학적'이라고 하면 신뢰하고 '비과학적', '자연적'이라는 말은 쉽게 불신한다. 하지만, 모든 과학은 이렇게 하면 저렇게 되지 않을까 라는 가설에서 시작한다. 한마디로 과학은 가설을 확인하는 과정이다.

백과사전에서는 이렇게 정의한다. "자연과학은 일정한 목적과 방법으로 그 원리를 연구하여 하나의 체계를 세우는 학문이다." 따라서 사람이 다른 관점으로 연구를 시작하여 이전의 이론이 잘못되었다는 것이 증명되면 폐기처분된다. 사람에게 큰 신뢰를 받았던 이론이 얼마 후에 무너지는 일은 비일비재하다. 백신에 대해서 세균설과 내부환경설 중 어떤 관점으로 보느냐가 중요하다. 지나치게 신뢰할 필요도 지나치게 배척할 필요도 없다.

📌 **기억하자**

1 감염과 전염을 구분해야 한다.
2 백신이 자신에게 맞는지 확인해야 한다.
3 과학 자체보다 몸이 회복되는 원리를 알아야 건강하다.

병들지 않도록
만들어진 몸

생명을 유지시켜주는 질서정연한 시스템

질병은 몸의 질서가 깨진 상태다. 히포크라테스는 "인간은 자연과 멀어질수록 병과 가까워진다"고 경고했다. 몸은 영양을 흡수하고 노폐물을 내보내는 활동을 통해 생명을 유지한다. 영양과 해독이라는 질서를 유지하기 위해 몸은 열한 가지 시스템인 근육계, 내분비계, 면역계, 비뇨계, 순환계, 호흡계, 소화계, 외피계, 골격계, 신경계, 생식계로 구성되어 있다. 이 시스템만 살펴봐도 인체가 얼마나 정교하고 질서정연한지 경이롭다.

호흡계는 폐를 통해 산소를 들여오고 이산화탄소를 내보낸다. 소화계는 음식으로부터 영양소를 흡수하고 부산물을 내보낸다. 순환계는 끊임없이 혈액을 펌프질해서 온몸으로 내보내는 역할을 한다. 혈액과 호르몬을 이동시키면서 산소와 영양은 흡수하고 이산화탄소와 노폐물을 배출한다. 면역계는 림프시스템을 통해 백혈구를 운반하고 독소가 있는 체액을 제거하면서 몸이 깨끗하게 유지되도록 한다. 비뇨계는 면역계가 준 체액을 걸러 신장으로 배출시킨다. 내분비계는 여러 종류의 분비샘을 주관하여 성장, 발달, 대사, 수면, 생식과 감정 대상에 관여하는 호르몬을 생산하고 조절하는 기능을 한다.

신경계도 매우 신비롭다. 신경계는 우리가 언제 어떻게 움직일지를 고민하는 머리의 생각을 행동으로 옮길 수 있도록 뇌와 몸을 연결한다. 신경신호는 번개와 같은 속도로 신경계를 타고 변화하여 주변의 자극에 즉각적으로 반응한다. 이런 과정을 통해 인간은 스스로 움직이고 싶은 대로 움직인다. 생각한대로 스스로 움직일 수 있다는 것은 기적이다.

근육계는 우리가 달리고 글을 쓰고 악기를 연주하고 서로의 손을 잡을 수 있도록 해준다. 피부계는 몸 전체를 덮고 있으면서 외부로부터 우리의 몸을 보호하는 역할을 한다. 골격계는 단단한 뼈로 우리 몸을 지탱하는데 이 뼈는 단단한 인대와 힘줄로 연결되어 있다. 생식계는 부모를 닮은 자녀들을 낳을 수 있도록 기능한다. 여성의 배 속에서 생명이 잉태되는 과정, 작은 세포가 세포 분열을 하면서 인간의 모습으로 변하는 과정은 매우 경이롭다.

이 모든 시스템은 생명을 유지할 수 있도록 영양과 해독의 원리로 구성되어 있다. 소화계를 통해 영양을 흡수하고 이물질과 노폐물은 배출할 수 있도록 한다. 피부를 통해 죽은 세포와 땀이 배출이 되고 신장을 통해 혈액의 독성 노폐물을 배출시킨다. 림프는 온몸을 순환하며 세포와 조직에 있는 노폐물을 혈류에 버리는 역할을 한다. 호흡을 통해 들어오는 이물질은 코와 폐에서 거르고 노폐물은 내보낸다. 질병에 걸렸다는 것은 이러한 시스템에 문제가 생긴 것이다. 하나의 증상만 해결하는 방법보다 몸 전체의 시스템이 돌아가도록 만들어주는 것이 중요하다.

희망이 되는 후성유전학

인간게놈 프로젝트가 완성되었지만 오늘까지도 질병은 정복되지 못했다. 오히려 질병의 종류는 더 다양해지고 아픈 사람은 늘어간다. 제약업, 의료업에서는 마치 새로운 질병의 탄생을 기다렸다는 듯이 신약을 개발한다. 이런 우리에게 희망이 되는 신유전학이 열렸다.

이 새롭고 신비한 신유전학은 후성유전학Epigenetics이다. 유전자는 고정된 것이 아니라 변화하고 새로운 상호작용을 한다. 'epi'는 그리스어로 '~위에' 라는 의미로 DNA를 변형시키는 단백질과 화학물질을 말한다. 후성유전적으로 변형이 일어난 DNA를 후성유전자라고 부르며 후성유전자는 변형되는 환경에 따라 다음 세대로 그 변화를 전수한다. 후성유전자는 유전학 분야에서 가장 주목받고 있다. 이 이론에 의하면 '가족력'과 '질병유전자'는 거의 지워도 되는 단어가 된다.

후성유전학은 유전자 운명론에 익숙했던 1950년대에 영국 생물학자 콘래드 워딩턴Conrad Waddington이 배아에서 인간의 발생 과정이 DNA에 의해서만 일어나는 것은 아니라고 주장함으로써 시작되었다. 모든 학문이 그러하듯 새로운 이론은 거부당하다가 수십 년이 지나서야 조금씩 인정받기 시작했다. 일본의 명의 신야 히로미新谷 弘實에 의하면 똑같은 유전자를 가진 일란성 쌍둥이 5천 쌍을 추적한 결과 나이가 들어 같은 질병에 걸릴 확률은 2.5% 미만이라고 했다. 질병을 정복하기 위해 오만의 생명현상을 결정짓는 DNA 염기서열을 해독한 인간게놈 프로젝트가 완성

이론편 면역력이 왜 필요할까요?

되었지만 유전자로는 질병의 원인을 다 밝히지 못했다. 그 원인이 유전자가 아니라면 유전자를 변화시키는 다른 요인들이 더 중요하다는 것 아닐까?

후성유전학을 따르면 질병유전자 운명을 받아들일 필요가 없다. 2003년 과학자들은 유전자 변이를 일으켜 비만쥐를 만들었다. 돌연변이가 일어난 쥐들은 노란색 털과 식탐을 가지고 태어나 사료를 먹으며 점점 비만이 되어갔다. 또 다른 그룹은 같은 사료에 엽산, 비타민B12, 코린, 사타움에서 추출한 베타인 등의 영양성분을 보충해주었다. 놀랍게도 그 후손 개체들은 정상적인 갈색 털과 정상 몸무게로 태어났다. 영양성분이 돌연변이 비만 유전자 발현을 억제한 것이다. 이 획기적인 실험으로 유전자 정보보다 유전자가 발현되는 환경이 더 중요하다는 것이 밝혀졌다.

그간 알지 못했던 생명체의 변화와 신비가 후성유전학으로 설명이 된다. 사람을 좋아하는 늑대의 후손이 25~30대를 거치면서 친화성을 가진 성격으로 변해 개가 된 것도 후성유전학의 변화로 이해가 된다. 약 100년 전 한국인의 평균 키와 몸무게와 수명이 지금과 현저히 다른 이유도 유전자가 대를 이어가면서 선택적으로 키가 클 수 있는 유전자가 더 발현되었다는 것을 알려준다. 운명을 거스르고 영양과 환경에 따라 유전자를 바꿀 수 있는 희망의 세계가 열렸다.

그러나 후성유전학의 신세계를 모르면 비극적인 선택을 하기도 한다. 엄마와 같은 유전자가 있다는 이유로 같은 암에 걸릴까 봐 두려워서 유방과 난소를 제거한 유명 여배우가 있다. 이것은 질병유전자가 질병을 결정짓는다는 잘못된 지식에서 나온 행동이다. DNA 자체가 건강과 인생을 결정짓지 않는다. DNA가 발현되는 환경을 어떻게 만들 것인지가 훨씬 더 중요해졌다.

희망의 유전자, 장수 유전자

유전자 연구를 통해 장수 유전자인 시르투인Sirtuin이 밝혀졌다. 구텐베르크대학교의 토마스 뉴스트룀은 장수 유전자 'Sir2 단백질'을 발견했다. 이 장수 유전자는 수명에 관련된 IGF-1 수용체 유전자에 돌연변이가 일어나게 함으로써 선충의 수명을 2배로 늘려주었다. 노화와 수명연장도 후성유전학을 통해 충분히 극복 가능한 것으로 이야기하고 있다. 하버드대학교 의사 디팩 초프라는 장수 유전자는 다음과 같은 환경에서 발현한다고 이야기한다. 활동적인 생활, 만성염증에 대한 대처, 건강증진을 위한 노력, 높은 이상과 목표이다. 삶의 의미와 목적을 가지고 만성염증이 생기지 않는 몸을 만들도록 노력하면 장수유전자는 매우 강하게 활성화될 것이다. 책 뒷부분에서는 만성염증을 근본적으로 사라지게 하는 원리와 식사법에 대해 자세하게 다룰 것이다.

1 인체는 질서정연한 시스템이고 질병은 몸의 질서가 깨진 상태이다.
2 후성유전학은 질병유전자와 가족력이 중요하지 않다는 것을 알려준다.
3 건강한 몸과 마음, 그리고 삶의 환경은 장수유전자가 잘 작동되도록 돕는다.

2장

면역력,
왜 떨어졌을까?

꺼져버린
면역스위치

후성유전학, 유전자 메틸화가 암세포를 만든다

"총을 장전하는 것은 유전자이지만 방아쇠를 당기는 것은 환경
이다." 과학자들이 많이 사용하는 비유 중 하나다. 유전자와 건강
의 관계는 동일한 식재료를 주더라도 요리사에 따라 맛이 달라지
는 요리가 만들어지는 것과 같다. 동일한 유전자를 받았지만 어
떻게 관리하느냐에 따라 건강상태가 달라진다. 유전자까지 동일
한 일란성 쌍둥이라 하더라도 살아가는 환경에 따라 건강상태가
달라질 확률은 약 98%이다. 반대로 보면 동일한 유전자를 가진
생명체가 동일한 질병에 걸릴 확률은 2% 미만이다. 그렇다면 무
엇이 문제가 되는 것일까?

과학자들은 질병을 일으키는 요인으로 유전자 그 자체보다 후

성유전학에서 많은 요인들을 찾아내고 있다. 후성유전학은 유전자메틸화 과정에서 유전자변이가 많이 일어난다고 한다. 유전자는 그 배열대로 단백질을 만들어낸다. 문제는 그 배열이 전달되는 과정에 있다. 메틸화란 유전자에 수갑을 채우는 것과 같아서 중요한 생명유지반응에 문제를 일으킨다. 중요한 유전자가 메틸화될 경우 세포가 정상기능을 하지 못해 암세포가 된다. 암세포는 유전자메틸화의 결과이다. 면역스위치가 꺼진 상태에서는 암세포와 정상세포를 구분하지 못한다. 한마디로 암세포는 아군에게 들어온 적군의 스파이와 같다. 그렇다면 암세포를 스파이로 만드는 메틸화의 원인은 무엇일까?

유전자메틸화는 내부환경적인 요인들에 의해 일어난다. 이 요인들은 대부분 몸에 다양한 독소가 쌓이게 만든다. 예를 들면 흡연이나 대기오염, 가공식품 위주의 식사나 술 같은 것들이다. 이런 성분들이 혈관과 세포에 독소처럼 흘러들어와 유전자메틸화를 일으킨다. 아무리 건강한 유전자를 가졌다 할지라도 독가스를 마신다면 사람이 살 수 없는 이치와 같다.

유전자보다 환경이 면역을 결정한다. 특히 몸에 쌓인 독소를 배출해내는 환경이 중요하다. 폐는 늘 신선한 공기를 마시고 이산화탄소를 내보내야 한다. 신장은 조금이라도 혈액에 위험물질이 쌓이지 않도록 독성 노폐물을 잘 내보내야 한다. 림프관은 세포와 조직에 쌓인 노폐물이 나가는 통로의 역할을 잘 수행해야 한다. 림프순환은 혈액순환과 달라 심장의 펌프질이 없이 몸의 움직임을 통해서만 된다. 그래서 움직임이 많은 몸의 부위에 림프절이 모여 있다. 만약 거의 몸을 움직이지 않는다면 독소가 차곡차곡 쌓이는 생활방식으로 여기저기 몸이 아플 것이다. 몸에 쌓이는 노폐물은 폐와 신장과 림프를 통해 원활하게 배출될 때 면역스위치의 오작동이 일어나지 않는다.

효소 없이는 생명을 유지할 수 없다

효소가 없다면 식물, 동물, 사람 등 모든 생명체는 1분 1초도 살수 없다. 식물은 효소를 이용해 빛을 에너지로 만든다. 사람은 효소를 이용해 호흡하고, 에너지를 만들고 병원체와 싸우는 면역작용도 한다. 소화효소가 없다면 쌀밥은 포도당이 되기까지 100년이 넘게 걸릴지도 모른다. 소화효소 외에도 숨을 쉬고 눈을 깜빡이고 심장이 뛰고 면역세포가 움직이는 모든 활동들은 효소 덕분이다. 효소는 항염작용, 항균작용, 혈액정화작용과 세포재생까지 생명에 관련된 활동들을 지원한다.

인체 내 효소부족의 결과는 면역력 저하와 비만, 각종 질병으로 온다. 침 안에는 소화효소와 각종 항균물질이 들어 있다. 어린이들은 침을 줄줄 흘리지만 노인이 될수록 침이 마른다. 최근 연구에서 60세가 되면 30세 때보다 효소가 50% 감소한다는 사실이 밝혀졌다.

　사람의 세포 하나에는 카탈레이스Catalase 같은 효소가 7만 5천 가지나 있다. 카탈레이스는 1초에 과산화수소 분자 1만 개를 분해해 독성을 제거한다. 몸에서 발생하는 활성산소를 분해해주는 작용이다. 간이 해독작용을 잘 해내는 이유는 이 효소가 간세포에 많기 때문이다.

　또한 카탈레이스는 바이러스 억제 효과가 있다는 연구 결과가 있다. 미국 UCLA와 중국 북경화공대학교 연구팀은 자연적으로 존재하는 카탈레이스가 히말라야 원숭이에서 코로나바이러스 복제를 억제했다고 발표했다. 또한 중증 코로나바이러스 감염증에서 염증반응을 억제할 수 있다는 효과를 학술지 〈어드밴스드 머터리얼즈Advanced Materials〉에 발표했다. 이러한 기능 외에도 면역세포들이 서로 신호를 주고받으며 면역물질을 전달하는 모든 움직임 속에는 아직 밝혀지지 않은 효소의 역할이 넘쳐날 것이다. 세포 하나하나의 움직임과 포도당 한 분자의 생성 자체는 사람의 생각을 초월하는 신비의 영역이다. 실험실에서는 절대 이러한 세포를 동일하게 만들어낼 수 없다.

유전정보가 잘못되면 비정상적인 효소를 만들거나 효소양이 부족해져 생명반응을 제대로 해내지 못하게 된다. 선천적인 유전병이 바로 이 효소와 관련하여 결함이 생긴 데서 온다. DNA 수준부터 세포반응, 면역반응, 소화, 흡수, 혈액순환에 이르기까지 효소는 없어서는 안 될 생명반응 그 자체이다.

면역력 저하는 효소가 잘 안 만들어지기 때문에 발생한다. 우리가 중요하게 생각하는 유전자나 영양성분, 칼로리보다도 제일 중요한 것이 효소이다. 효소는 인체가 만들기도 하지만 효소가 풍부한 음식을 섭취함으로 얻어지기도 한다. 효소는 42도 이상이 되면 활성이 깨진다. 즉 뜨겁게 익은 음식에는 효소가 없다는 의미이다. 효소는 살아 있는 음식을 통해서만 얻을 수 있다.

노화세포가 면역을 방해한다

새로운 세포는 매일 매 순간 분열하면서 생겨나고 노화세포는 사라진다. 건강할수록 세포분열이 왕성하고 젊은 세포가 많지만 염증이 많으면 노화세포가 쌓여간다. 그런데 노화세포는 심각한 문제를 만들어낸다. 사이토카인을 분비해 주변에 염증을 더 일으키는 것이다. 다른 세포를 공격하기 때문에 좀비세포라고 하기도 한다. 하버드대학교 의대 장수 분야의 세계 최고 의학자 데

이비드 박사는 노화를 질병으로 보고 있으며 노화세포를 제거하면 젊은 세포들이 많아져 노화를 10년이나 늦출 수 있다고 한다. 노화세포가 몸에 오랫동안 머무르지 않도록 젊고 건강한 세포와 활기찬 면역세포들이 많은 몸을 만드는 것이 중요하다.

🏳 정리하자

- **DNA 메틸화(DNA Methylation)** DNA 메틸 전이 효소에 의해 DNA의 사이토신(Cytosine) 염기에 메틸기가 전이되는 정상 효소 반응. DNA 메틸화 변화는 암 진단의 표지인자로 사용되고 있다.

📌 기억하자

1 유전자보다 유전자의 발현과정에서 암세포가 만들어진다.
2 세포의 생명 효소에너지로 면역스위치를 켜라.
3 노화세포가 면역을 방해한다.

매일 먹는 식사가
잘못됐다

건강 문제는 영양과 해독의 균형이 깨어진 데서 온다. 배출되어야 할 독소가 나가지 못하고 쌓이는 이유는 장 때문이다. 자연위생학자 존 틸든John Tilden은 장에 쌓여 있는 독소가 혈관에 쌓여 생긴 독혈증이 질병의 문제라고 했다. 그는 독소를 제거하는 치료를 하면 병은 낫게 된다고 주장했다. 영국 왕실의 주치의 윌리엄 아버스노트 레인 경도 같은 주장을 했다. 그는 관절염을 앓던 14살 소년의 장을 수술함으로써 관절염을 치료했다. 런던 유니버시티칼리지에서는 장내벽이 손상되면 관절염이 촉진되는 것을 동물실험을 통해 확인했다. 갑상선 환자를 치료할 때도 장을 먼저 치료하니 자연스럽게 갑상선은 정상이 되었다. 선천성 갑상선 저하증이 있던 어린이도 장에 좋은 음식을 먹으면서 약을 줄이고 점차 회복이 되기도 했다.

몸에 쌓인 독소가 면역력을 떨어뜨린다

장에 독소가 쌓이게 되는 요인은 음식 때문이다. 한국인의 식사패턴을 보면 정제당과 최종당화산물AGE, Advanced Glycation End-products이 많이 쌓이는 식사를 한다. 최종당화산물은 당이 결합된 지방이나 단백질을 말한다. 혈액 속의 당은 단백질과 지질 구조에 잘 달라붙어 구조를 변성시킨다. 이것이 우리 몸 곳곳에 쌓이면서 노화와 염증을 유발한다. 혈관의 단백질이 변성되면 혈관이 딱딱해지고 잘 터지는 동맥경화를 만든다. 뇌세포에 쌓이면 뇌혈관에 문제를 일으켜 치매와 알츠하이머의 원인이 된다. 흔하게 겪는 고혈압, 당뇨병, 동맥경화 같은 만성질환과 비만, 관절염, 백내장, 피부의 기미, 주근깨 등도 최종당화산물이 원인이 된다. 이것은 왜 생기는 것일까?

매일 먹는 밥과 빵과 면 위주의 음식이 최종당화산물을 만든다. 정제된 탄수화물 중심의 식사는 입에는 좋지만 몸에는 매우 불편한 식사이다. 살아 있는 음식에서만 얻을 수 있는 비타민과 미네랄, 효소와 항산화영양소, 섬유질 등 중요한 영양소도 결핍되어 있다. 수렵채집생활을 하던 사람들과 농경생활을 하던 사람들의 건강상태를 비교해본 결과 수렵채집시절의 사람들이 더 건강했다는 보고가 있다. 책 《질병의 탄생》에 의하면 만성질환

과 질병이 늘어나기 시작한 때는 농업혁명이 시작된 이후부터이다. 1만 년 전 농경생활 이전의 사람들은 지금보다 키도 10cm가량 더 컸고 질병이 잘 생기지 않았다. 수렵채집생활에서는 자연 그대로의 음식을 먹을 기회가 많았기 때문이다. 과일을 따 먹고 물고기를 잡아먹으며 탄수화물은 곡식보다 과일에서 얻었다. 자연 그대로의 음식은 몸이 원하는 필수 영양소를 충분하게 채워준다.

장마이크로바이옴이 무너지면 면역스위치가 꺼진다

밥과 빵과 면 종류의 음식에는 매우 중요한 영양소인 섬유질이 결핍되어 있다. 섬유질 부족은 장을 병들게 하는 큰 요인 중의 하나이다. 아일랜드의 외과의사 데니스 버킷Dennis Burkitt은 우간다의 시골 사람들이 서구인들보다 당뇨병과 심장병, 결장암 등이 적은 이유를 식이섬유에서 꼽았다. 그들은 서구인들보다 섬유질을 일곱 배 이상 섭취한다. 섬유질 부족은 변비를 비롯하여 대장염, 염증성 장질환 등 각종 장질환의 원인이 된다.

　섬유질은 건강한 장내환경을 만드는 중요한 요소이다. 결핍 시 건강한 장마이크로바이옴(장에 사는 세균과 그 생태계를 이르는 말)을 만들어주지 못한다. 장내미생물의 개체수도 적고 유전자도 부족하다. 장내미생물이 만드는 생태계는 또 하나의 우주를 연상케 한다. 우리 몸의 세포는 약 37조 개이지만 장내미생물은 100조 개에 달한다. 우리 몸 세포의 유전자는 약 2만 개이지만 몸속 미생물은 500배나 더 많은 유전자를 가지고 있다. 어찌 보면 사람은 미생물에 의지하여 살아가는 존재처럼 보이기도 한다. 덴마크 코펜하겐대학교 올루프 페데르센이 이끄는 연구팀은 300명의 소화관에서 채취한 마이크로바이옴을 대상으로 세균들의 유전자 개수를 비교해본 결과 유전자 개수가 적은 지원자가 많은 지원자보다 비만, 염증, 대사 문제가 더 흔하다는 것을 확인했다.

　장내미생물은 사람의 신진대사에 긴밀하게 관여하고 있다. 음식물의 소화를 돕고 식사에 결핍된 비타민과 미네랄을 생산한다. 면역작용에도 직간접적으로 확실한 영향을 주고 있다. 면역세포를 도와 적군과 아군을 구분하도록 교육하기도 한다. 항균

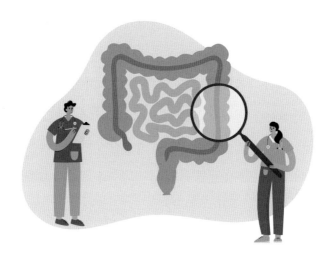

물질을 직접 분비하여 위험한 미생물을 쫓아낸다. 예를 들면 섬유질이 없을 때 배가 고픈 세균들이 아무거나 먹다가 소화관 점액층까지 먹게 된다. 이 과정에서 점액층 바로 아래에 있는 면역세포들이 과한 면역작용을 일으킨다. 그런 과면역의 결과로 궤양성대장염과 크론병 같은 장질환이 나타난다.

장마이크로바이옴은 직접적으로 면역세포의 생사를 주관한다. 미국 마즈마니안 박사 팀은 박테리아에게 면역세포 중 하나인 조절 T세포의 성장에 관여하는 신호가 있다는 것을 발견했다. 생쥐실험에서 조절 T세포가 특정 박테리아가 없을 때는 성장하지 않는다는 것을 찾아낸 것이다. 생쥐의 마이크로바이옴이 불완전하다면 면역계도 불완전하다. 박테리아는 장점막 안에 있는 면역세포를 거쳐서 조절 T세포에게도 전쟁 준비를 하라는 신호를 보낸다. 박사팀은 DNA 안에 성장세포에 대한 신호가 부족하기 때문에 박테리아의 도움을 받아 면역세포를 자극하는 것으로 보인다고 했다. 이러한 사실을 통해 사람은 자신의 DNA와 장마이크로바이옴의 DNA가 함께 어우러진 초유기체Superorganism 임을 알 수 있다. 실은 사람을 이루는 유전자의 양보다 오히려 장마이크로바이옴의 양이 훨씬 더 많으니 미생물 덕분에 생명을 유지하고 있다고 해도 과언이 아니다.

그런데 장마이크로바이옴은 항생제에 의해 끔찍하게 무너진다. 항생제를 먹으면 장상태가 거의 무균상태로 초기화된다. 균이 다시 장 안에 가득 채워지기까지 약 90일이 걸린다. 만약 90일 동안 문제가 되는 균이 들어온다면 모든 군인이 외박을 나간 무방비상태라고 볼 수 있다. 또 다른 측면으로는 항생제에 대해 내성이 생기는 강한 세균이 문제가 된다. 세계보건기구는 2014년 말 한 보고서에서 내성이 생긴 박테리아에 감염되어 사망하는 사람이 70만 명이라고 보고했다. 그리고 2050년까지 항생제 내성이 생긴 박테리아 때문에 매년 1천만 명이 사망하고 암 사망자수는 820만 명에 육박할 것이라고 예상했다.

너무 쉽게 항생제를 선택하는 것은 아닌지 생각해봐야 한다. 감기만 걸려도 쉽게 항생제를 처방한다. 항생제는 감기 바이러스를 억제하는 것과는 전혀 무관하다. 2차감염을 예방하기 위함이지만 파리 한 마리를 잡기 위해 온 집에 살충제를 뿌리는 것과 같은 희생을 치른다. 항생제를 쉽게 선택하기보다는 근본적으로 장내환경을 건강하게 만드는 것이 중요하다.

📌 기억하자

1 최종당화산물이 독소가 되어 면역력을 떨어뜨린다.
2 장마이크로바이옴이 신진대사에 반드시 필요하다.
3 장마이크로바이옴은 면역세포를 돕는다.

배달 주문이 늘면
면역력이 떨어진다

배달음식은 우리 몸을 피곤하게 한다

코로나19 이후로 우리는 배달음식을 많이 찾게 되었다. 배달음식 양이 증가하면서 관련 식품위생법 위반 건이 2019년 대비 2020년에 12배 증가했다. 식품 및 식품첨가물의 제조·가공·사용·조리·보존 등의 기준과 성분 규격 위반이다. 내가 배달해 먹는 음식 속에 얼마나 많은 첨가물이 사용되었는지 확인조차 되지 않는다는 의미다.

배달음식을 많이 먹으면 몸이 피곤하다. 사람들은 배달음식이 뭔가 좋지 않다는 것을 잘 알면서도 쉽고 편리하고 맛있는 배달음식의 유혹을 끊기는 어렵다. 얼마나 바삭바삭하고, 고소하고, 쫄깃한 식감으로 우리를 유혹하는가? 어쩌다 친구들과 함께 있

다가 배달음식을 먹었는데 그날 밤 물을 밤새 먹었던 기억이 난
다. 도대체 그 안에 무엇이 들어 있었던 것일까?

밖에서 사 먹는 맛있는 음식 안에는 유해한 각종 첨가물이 들
어 있다. 폴리인산나트륨이 대표적이다. 이 마법의 첨가물을 넣
은 튀김은 시간이 지나도 여전히 바삭하다. 집에서는 아무리 잘
튀겨도 그렇게 만들지 못하는데 말이다. 이 첨가물을 밀가루에
넣으면 면발을 아주 쫄깃쫄깃하게 만들어주고 단무지에 넣으면
흐물흐물한 무를 탱탱하게 변신시켜준다. 그 외에도 세균 번식
을 억제하고, 맛을 좋게 해주는 다양한 기능을 한다.

그런데 이런 첨가물을 우리가 안심하고 먹는 이유가 따로 있
다. 첨가물표시 규정 때문에 '산도조절제'라는 이름으로 표기되
기 때문이다. 산도조절제에는 구연산, 사과산, 수산화나트륨, 인
산염, 염산, 푸마르산 등 화학물질의 종류가 55가지나 있다. 튀
긴 음식에만 들어가는 것이 아니다. 햄이나 소시지, 치킨 같은 육

가공품, 각종 어묵류, 맛살, 음료수, 과자, 유제품, 사탕 등 웬만한 가공식품에 들어가는 주인공이다. 산도조절제가 들어간 음식을 계속 먹으면 어떤 일이 일어날까?

이런 첨가물을 계속 먹게 되면 혈액과 유전자까지도 문제가 될 수 있다. 구연산과 푸마르산의 과잉섭취가 일어나면 적혈구가 줄어들고 급성 출혈 등의 부작용이 일어날 확률이 있다. 염색체 이상으로 인한 부작용도 일어날 수 있다. 인산염은 많이 섭취하면 칼슘 문제로 동맥경화나 뼈질환의 원인이 될 수 있다. 칼슘과 인은 상호작용을 하는데 인이 많이 흡수되면 칼슘을 빼내 체액의 균형을 맞춘다. 칼슘은 뼈합성과 체액의 균형, 근육건강을 위해서 반드시 필요한 물질이라는 것은 전 국민이 다 아는 사실이다. 나트륨 과다섭취가 위험하듯 인 과다섭취도 매우 위험하다는 사실을 기억해야 한다. 뼈와 함께 근육과 신경건강까지도 위협할 수도 있다. 동물실험에서는 폴리인산나트륨이 신장결석의 원인이 될 수 있다는 보고도 있다.

안전 섭취량은 안전하지 않다

우리 집에는 아주 친숙한 모습의 발암물질이 함께 살고 있다. 암은 하루아침에 걸리는 병이 아니다. 언제 먹었는지 기억조차 없는 미세한 양의 화학물질들이 몸에 쌓여서 어떤 돌연변이를 일으킬지 모른다. 2015년 세계보건기구에서는 햄과 소시지 같은 가

공육을 1급 발암물질로 발표했다. 영국 암 연구소Cancer Research UK에 따르면 영국에서 가공된 고기나 붉은 고기를 아무도 먹지 않는다면 암이 8천 800건 더 적을 것이라는 발표를 했다. 미국의 암 전문가 윌리엄 리진스키Wiliam Lijinsky 박사는 대부분의 암은 30~40년 전에 먹은 음식이 원인이라고 밝혔다.

햄과 소시지 같은 가공육에는 아질산나트륨이 첨가되어 있다. 아질산나트륨은 세균 번식을 억제하고 맛을 좋게 해주는 특징이 있다. 안전 섭취량의 기준으로는 70ppm 이하라고 한다. 하지만, 아주 적은 양이라도 몸속 구석구석에 쌓일 수 있는 성분이다. 이 성분은 적혈구에 작용하여 헤모글로빈을 파괴한다. 당장의 호흡 곤란이 오는 정도는 아닐지라도 몸속 어딘가에서 산소 부족을 일으키고 있을지도 모른다. 리진스키 박사는 당시 1천 명이 암으로 숨지는데 그중에는 아질산나트륨의 희생자가 제일 많다고 했다.

이 발표 후 육가공회사에서는 아질산나트륨이 없는 제품을 만들기 시작했다. 그렇다고 안전할까? 문제물질이 발표되면 소리 없이 사라지기도 하지만, 또 어떤 첨가물이 연구되어 발암물질이 될지 모르는 위험이 도사린다. 식품첨가물 속에 섞여 있는 다양한 물질들의 상호작용이 누군가의 몸에서 어떤 작용을 할지는 아무도 모른다.

배달음식을 자주 먹을수록 알 수 없는 첨가물은 내 몸에 차곡차곡 쌓인다. 안전 섭취량의 기준을 생각하기 이전에 내 몸에 해로운 물질이 쌓여가고 있다는 사실에 주목해야 한다. 안전하다는 말은 즉각적으로 치명적이지 않다는 말일 뿐, 지속적인 축적으로 인한 문제는 그 누구도 책임지지 않는다. 자본주의 사회에서 업계는 이익추구를 목표로 한다는 것을 잊어서는 안 된다. 상품 뒤에 숨겨진 진실을 찾기 위한 지식은 소비자의 몫이다. 많은 배달음식들이 바쁜 현대인에게 편리함의 모습으로 유혹하지만, 편리함이 주는 작은 이익을 얻기 위해 질병이라는 고통과 맞바꿀 수는 없는 노릇이다.

📌 기억하자

1 산도조절제 인산염은 뼈와 근육에 이상을 일으킨다.
2 안전 섭취량은 즉각적으로 치명적이지 않다는 말이다.
3 다양한 첨가물이 지속적으로 쌓이면 어떤 작용이 일어날지 모른다.

습관적으로 먹는 약은
내 몸을 죽인다

편리하지만 안전하진 않다

약을 먹어서 건강해질 수 있다는 것은 착각이다. 아주 응급한 상황을 제외하고 약은 오히려 건강을 잃게 만든다. 《면역혁명》의 저자 아보 도오루는 현대의학은 응급의학을 제외하고는 오히려 사람을 살리기보다 죽인다고 이야기한다. 응급상황이 아닌 대부분의 질환은 만성으로 오는 대사질환이기 때문이다. 대사질환은 근본 원인을 해결하지 않으면 계속 약에 의지하게 된다. 약의 장기복용은 부작용으로 이어져 또 다른 질병을 낳기도 한다.

약물의 부작용에 대해 자세하게 설명해주는 의사와 약사를 만나기는 쉽지 않다. 자신의 자녀에게는 절대 약을 먹이지 않는다는 약사들이 많지만 약을 찾는 사람들에게는 'FDA 승인' 약물을

잘 처방한다. FDA가 승인한 약물은 절대적으로 안전할까? 그렇지 않다. FDA는 독성약물로 인한 100명의 사망자가 생긴 후에야 생겼다. 1937년 미국의 한 제약회사는 엘릭시르 설파닐아미드 Elixir Sulfanilamide라는 액상 형태의 항생제를 판매했다. 이 약을 먹은 사람들은 구토, 경련, 복통, 메스꺼움을 느끼고 신장기능이 떨어지면서 결국 사망까지 하게 되었다. 약에는 오늘날 부동액으로 쓰이는 디에틸렌-글리콜Diethylene Glycol, DEG 성분이 있었다. 엘릭시르는 맛이 달고 냄새가 좋은 음료로 만든 약이라는 의미에 현혹되어 성분에 대한 의심조차 하지 못했다. 이 사건을 겪은 후에야 안전성에 대한 절차가 중시되었고 약품을 규제할 수 있는 기관인 FDA가 신설되었다.

초기 FDA는 약물의 승인기간만 5~6년이 걸릴 정도로 과정이 매우 까다로웠다. 처음에는 '이 약물이 안전할까?'의 관점으로 승인절차를 밟았지만 차츰 '이 약품을 어떻게 승인할까?' 쪽으로 진행방식이 바뀌었다. 제약회사와 FDA 승인 자문위원 간의 뒷거래가 있다는 것은 저명한 과학 학술지 〈네이처Nature〉의 고발을 통해서도 알려졌다. 또한 제약회사는 약물의 부작용이 확인되기도 전에 환자와 의사에게 공격적인 마케팅을 한다. 약물이 승인되기까지는 약 12년 정도의 복잡한 절차를 거치는데 대규모 연구를 통해 약효와 부작용을 파악했다 하더라도 약물의 부작용에 대한 정보를 다 안다고는 할 수 없다. 누군가에게는 예상치 못한 독이 될 수 있다.

때로는 복잡한 절차 없이 신약이 나오는 대로 환자에게 바로 처방되는 경우도 있다. 미국 플로리다 주의 경우가 그렇다. 플로리다 주는 화이자Pfizer와 파트너십을 맺어 의사들의 처방전인 PDRPhysician's Desk Reference에 모든 약을 등재할 수 있다. 플로리다 주가 진행하는 저소득층을 위한 건강 프로그램을 화이자가 지원한다는 명목 아래 이루어진 거래이다. 한마디로 플로리다 주에서는 화이자 약품이 나오기만 하면 부작용에 상관없이 모두 의사처방전에 등재하고 있다는 뜻이다. 약이 필요한 사람들에게 이 같은 절차는 얼마나 위험한 일인가? 이번 코로나바이러스 백신도 약 1년 정도의 연구기간을 거쳐 나온 FDA 긴급승인 약물이다. 이 백신의 안전성을 실험할 수 있는 시간도 없이 전 세계인이 안전성 검사의 실험대상이 되었다. 실험적 근거자료가 없는 상태에서 안전하다고 말하는 것은 확인되지 않는 주장에 불과하다.

의사의 처방 없이 살 수 있는 일반의약품이라고 안전한 것은 아니다. 코로나19 백신을 맞은 후 발열과 몸살을 겪는 사람들이 꽤 많았다. 보통 상비약으로 아세트아미노펜(상품명: 타이레놀)을 구급함에 두고 있는 가정이 많다. 그러나 아세트아미노펜은 일일 최대 용량이 4g으로 제한되어 있다. 아세트아미노펜의 부작용은 메스꺼움, 구토, 두통, 발열, 간손상 등이다. 장기복용 시 간손상이 심한 것으로 알려져 있어 신중해야 한다. 대한내과학회는 "정기적으로 술을 마시는 사람에게서 아세트아미노펜은 간손상 위험이 있어 4g 이하의 최소 용량을 단기간 사용할 것을 권고한다"고 했다.

미국에서 폐렴에 걸린 어린이를 치료하던 의사가 열을 내리기 위해 아세트아미노펜을 쓴 후 어린이가 3일 만에 의식을 잃고 결국 간 괴사까지 가게 된 사례도 있다. 간 이식을 받으려는 어린이 환자 대부분이 약 때문에 간이 손상된 경우였다. 이런 경우도 약과 약의 상호부작용 위험을 몰랐기 때문에 벌어진 일이다. 폐렴 치료를 위해 사용했던 에리스로마이신과 아세트아미노펜을 같이 쓰면 간 괴사가 되는 심각한 손상을 입게 된다. 약물의 상호부작용에 대한 정보를 모두 알고 처방하는 의사는 드물다. 흔하게 구할 수 있는 일반의약품이 안전하기 때문에 의사의 처방전 없이 살 수 있는 것은 아니라는 것을 명심해야 한다.

약은 몸의 질서를 깨뜨린다

약효가 난다는 것은 몸의 질서를 깨뜨렸다는 의미이다. 약물의 어원은 '마른풀Drougue'이라는 뜻으로 병을 치료하기 위한 풀에서 시작되었다. 어원을 보면 약초의 느낌이 나서 건강에 이롭다는 생각이 들 수 있지만 모든 약물은 독극물이다. 그 용량의 차이에 따라 치료용량이 되기도 하고 치사량이 될 수도 있다. 약을 통해 병이 낫길 바라지만 대부분의 약물은 단지 숫자를 조절해줄 뿐이다. 혈압이 높으면 고혈압약으로 혈압을 떨어뜨려주고 혈당이 높으면 혈당강하제로 혈당을 내려준다. 콜레스테롤 수치가 높으면 수치를 떨어뜨리는 약을 처방한다. 콜레스테롤 수치를 조절하기 위해 판매된 스타틴계 약물의 부작용 때문에 치매약과 발기부전약이 탄생했다. 약물의 부작용은 다음 약물의 개발로 이어진다.

바이러스질환에 대한 치료도 마찬가지다. 감기는 주로 약 113종의 리노바이러스와 약 4종의 코로나바이러스가 주원인으로 알려져 있다. 감기의 원인은 변이바이러스라서 백신도 없고 치료제도 없다. 자연스럽게 두면 인체의 면역력이 1~2주 내에 바이러스를 이긴다. 그런데 많은 사람들은 감기약에 의지한다. 현재 판매되는 감기약은 증상완화제일 뿐 치료제가 아니다. 바이러스가 몸에 침투하면 몸은 바이러스를 빨리 몸 밖으로 빼내기 위해 히스타민이라는 성분을 분비해 기침과 재채기를 일으키고 그 과정

에서 콧물이 흐르기도 한다. 그런데 감기약 항히스타민제를 먹으면 기침과 재채기가 나오지 않게 된다. 겉으로는 감기가 나은 것처럼 보이지만 배출되어야 할 바이러스들이 나오지 못해 몸속에 계속 갇혀 있다.

또한 바이러스질환과 아토피나 알레르기 같은 다양한 염증성 질환에서 많이 사용하는 스테로이드 약물은 오히려 면역계에 이상을 일으킨다. 스테로이드는 본래 몸에서 만들어지는 부신피질호르몬으로 스테로이드 제제는 이 호르몬의 유사체이다. 인체의 세포들은 다양한 감염과 자극에 대비해 염증을 조절하도록 스스로 면역물질을 분비한다. 이 면역물질들이 백혈구를 염증부위로 이동시키기도 하고 혈관을 확장시키기도 하며 혈액을 응고시켜 몸이 스스로 회복하도록 돕는다. 몸의 내부환경이 건강할 때에는 스스로 면역을 활성화시키거나 억제함으로 면역의 균형을 이룬다. 그런데 스테로이드 제제를 쓰면 이러한 염증에 관여하는 면역물질이 나오지 못하게 차단된다. 결과적으로 염증반응이 일어나지 않아 마치 낫는 것처럼 느껴지지만 염증을 유발하는 원인은 그대로 둔 채 근본 해결은 하지 못하는 치료법이다.

무엇보다 스테로이드 제제의 장기복용은 문제가 된다. 대표적인 부작용은 골다공증이다. 스테로이드제제를 1년간 장기복용하면 최대 12%까지 골세포가 소실된다고 알려져 있다. 이 약물은 조골세포의 기능을 떨어뜨려 골밀도를 낮추고 골다공증을 유발한다. 골면역학에서 보면 뼈의 조골세포와 면역세포는 큰 연관성이 있다. 뼈건강은 뼈를 생성하는 조골세포와 이를 흡수하는 파골세포의 균형에 의해서 유지된다. 조골세포와 파골세포, 그리고 면역세포는 같은 줄기세포로부터 만들어진다. 뼈에 중요한 면역세포인 T, B세포를 보관하면서 사이토카인 같은 여러 면역물질을 공유한다. 스테로이드 제제를 계속 먹을 경우 뼈건강의 균형이 깨지면서 면역세포에도 영향을 줄 수 있다.

사이토카인 폭풍은 정말 바이러스 때문일까?

사스와 메르스, 코로나19로 인해 '사이토카인 폭풍'이 많은 사람들에게 알려지게 되었다. 무시무시한 바이러스가 사이토카인 폭풍을 만든 것일까? 꼭 그렇지만은 않은 것 같다. 사이토카인은

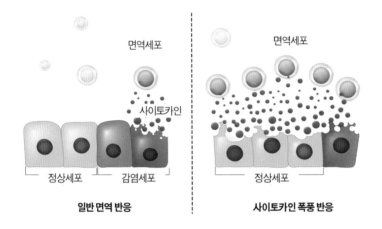

면역세포	면역세포
사이토카인	
정상세포 감염세포	정상세포
일반 면역 반응	**사이토카인 폭풍 반응**

면역세포들이 보내는 신호물질이다. 면역세포들은 이물질의 침투가 어느 정도인지 서로 신호를 주고받으며 면역세포 군대의 규모를 준비한다. 그런데 바이러스질환에서 흔히 사용하는 면역억제제를 맞게 되면 이 신호가 잘못 전달될 수 있다. 적은 군대를 준비해도 될 상황인데 큰 군대를 준비하도록 신호를 보내는 것이다. 이렇게 일어나는 것이 사이토카인 폭풍이다. 의료인들은 이 사이토카인 폭풍의 원인은 면역세포가 만드는 면역물질인 인터페론Inteferone이라는 것을 밝혀냈다.

이 인터페론이 폐를 손상시키면 호흡곤란을 일으키는 간질성 폐렴이 일어날 수 있다고 여러 논문이 이야기하고 있다. 간질성 폐렴은 그간 다양한 바이러스 질환으로 사망한 사람들의 폐소견이다. 사스, 메르스, 코로나19와 스페인독감으로 사망한 사람들의 폐소견도 간질성 폐렴으로 밝혀졌다. 간질성 폐렴은 폐가 섬유화되는 상태로 바이러스가 직접 공격해서 만들기엔 어려운 증상이다. 보통 바이러스는 숙주에 기생해야 계속 증식할 수 있기 때문에 숙주가 사망하는 것을 원하지 않는다. 사망률이 낮은 바이러스일수록 더욱 그렇다. '약물 유인성 간질성 폐렴'을 조사한 논문을 보면 450여 종의 약물이 폐포의 손상과 관련되어 있다고 나와 있다. 결론적으로 바이러스질환에 사용한 면역억제제와 치료제의 부작용으로 인해 간질성 폐렴이 발생했다는 것이다. 아직 바이러스가 폐포를 공격하는 이유를 규명하지 못했다는 측면과 함께 약물로 인해 밝혀진 폐포손상도 진지하게 생각해봐야 할 문제이다. 약물의 안전성은 확인하고 또 확인해야 한다. 약물 부작용으로 인한 그 결과는 고스란히 환자들의 몫이다.

📌 기억하자

1 약물은 편리하다고 해서 안전한 것이 아니다.
2 약효가 난다는 것은 약이 몸의 질서를 깨뜨렸기 때문이다.
3 바이러스 자체보다 약물로 인한 면역반응이 오히려 더 위험할 수 있다.

- **사이토카인(Cytokine)** 혈액 속에 함유되어 있는 비교적 작은 크기의 면역 단백질 중 하나다. 세포 신호화(Cell Signalling)에 중요한 역할을 한다. T세포와 B세포, 대식세포의 성숙과 면역작용을 돕는 신호를 전달한다. NK세포의 세포독성능력을 증가시킨다.

- **인터페론(Interferon)** 면역 세포에서 만들어지는 자연 단백질로 사이토카인에 속한다. 바이러스, 박테리아, 기생충, 종양 등 외부의 침입자들에 대응한다. 다른 세포 안에서 바이러스가 증식하는 것을 막는 면역 반응을 돕는다. NK세포와 대식세포 등의 선천면역 세포들이 일하도록 활성화시킨다.

손이 너무
깨끗해도 문제다

무균상태가 건강을 보장하지 않는다

코로나19로 어딜 가나 손 씻기가 필수가 되었다. 사람들은 손 씻기를 통해 감염이 예방된다고 믿고 그렇게 행동했다. 손을 씻으면 손을 통해 감염이 되는 직접적인 감염의 원인을 예방할 수 있다. 하지만, 모든 균이 인체에 병을 일으키는 것은 아니며 사람에게는 균이 필요하다. 만약 모든 균이 문제라면 균이 하나도 없는 무균쥐는 건강하게 잘 살 수 있을까? 무균쥐는 일정 기간 이상 생명을 유지하기 어렵다는 것이 실험을 통해 밝혀졌다. 또 무균상태로 태어난 아기도 무균상태에서 생명을 유지하는 것은 불가능하다.

무균으로 태어나 무균상태에서 살다가 빠르게 생을 마감한 사

람이 있다. 1971년 미국의 데이비드 베터David Vetter는 중증합병성 면역결핍증Severe Combined Immunodefiency Disorder, SCID을 가지고 태어나 무균 보육기에서 어린 시절을 보냈다. 균이 없는 환경에서 자랐는데 오히려 만 12세에 죽음에 이르게 되었다. 1989년 면역학자 데이비드 스트라칸은 다양한 균을 만날 수 있는 환경이 면역력에 더 좋다는 가설을 세웠다. 실제로 형제자매나 대가족과 함께 사는 아이들이 혼자 자라는 아이들보다 천식과 알레르기가 덜 발생한다고 한다.

오히려 균을 만지면 질병이 회복되기도 한다. 2004년 폐암환자에게 마이코박테륨 박케Mycobacterium Vaccae 미생물을 주입했더니 더 건강해진 연구 사례가 있다. 일부 문화권에서는 두 살 아래의 아이들이 흙을 먹는 경우가 있는데, 흙속에 있는 미생물이 오히려 면역계를 더 건강하게 돕는다. 제왕절개로 태어난 아이보다 어머니의 질을 통과한 자연분만으로 태어난 아기의 면역력이 더 높은 것도 같은 이치다. 어머니의 질을 통과하면서 무균상태에서 세상으로 나온 아기는 온갖 다양한 균을 만난다. 제왕절개로 태어나면 어머니의 질에 있는 균을 만날 수 없다. 이 아이들은 알레르기, 천식, 셀리악병에 노출될 확률이 더 높고 성인이 되었을 때도 비만해질 가능성이 높다고 알려져 있다. 하지만 제왕절개라 할지라도 어머니의 질 성분을 피부에 발라주면 자연분만과 같은 효과가 있다고 한다.

사람은 미생물과 공존하면서 살아간다. 사람의 세포수와 유전자보다도 더 많은 미생물이 장과 피부와 몸 곳곳에서 생명유지를 위해 일해주고 있다. 장에 사는 장내마이크로바이옴에 문제가 생겨도 면역력이 깨진다. 그런데 이렇게 소중한 균을 모두 나쁜 것으로 인지하고 모두 박멸해야 한다는 생각이 문제다. 질병은 균이 증식할 수 있는 건강하지 못한 인체 내부환경으로 인해 일어난다. 다양한 전염병이 발생한 근본적인 이유도 인간과 세균과의 균형과 조화가 깨지는 현상이 일어났기 때문이다. 질병은 균 그 자체에서 오는 것이 아니다. 질병의 원인을 균 자체로 보는 관점 때문에 항생제가 지나치게 사용되었고, 그 결과로 자연의 질서가 깨지고 더 큰 질병들이 인간에게 고스란히 오고 있다.

항생제가 오히려 질병을 만든다

항생제의 발견은 인류사에서 획기적인 일이었다. 이제 사람을 괴롭히는 감염병을 완전히 정복하는 것 같았다. 1900년대 초까지만 해도 사망의 원인은 감염이었다. 손을 베이기만 해도 감염되고 사망했다. 의사들이 시체를 해부하던 손을 씻지 않고 산모의 아이를 받다가 사망하는 산모들만 해도 40%나 되었다. 손을 씻으면 감염시키지 않는 것을 발견한 것이 불과 100여 년 전이다. 그러다보니 세균을 박멸하는 것이 곧 건강이라는 환상이 커졌다. 페니실린의 발견으로 세균을 죽이는 항생제가 개발되면서 무수히 많은 항생제가 태어났다. 그런데 새로운 항생제가 개발되면 세균은 내성을 갖게 되면서 더 강한 슈퍼세균으로 업그레이드가 되고 말았다. 오히려 항생제가 슈퍼세균을 만든 장본인이 되었다. 축복이자 저주가 된 것이다.

지나친 항생제 남용으로 오히려 더 큰 질병을 얻는 상황도 발생했다. 흔한 감기약에도 항생제가 들어 있다. 항생제를 먹으면 장내미생물은 거의 무균상태가 된다. 마치 이제 갓 태어난 아기의 장처럼 미생물이 없어진다. 무균상태를 떠올리면 마치 깨끗하게 리셋한 장을 생각할 수 있으나 오히려 감염의 위험이 높아진다. 인체 내 신경과 소화효소, 면역과 대사에 관여하는 좋은 미생물까지 모두 사라져 방어능력을 상실하게 되기 때문이다.

그런데 우리는 항생제를 너무 가볍게 생각한다. 감기만 걸려도 쉽게 항생제를 처방한다. 2차감염의 위험이 있어서라고 하지만 장을 무균으로 만들어버리는 것도 위험하다. 쉽게 장을 무균으로 만들고 또 건강을 위해 유산균을 챙겨 먹는 현대인의 삶 자체가 모순이다. 쉽게 항생제를 먹지 않는 것뿐만 아니라 장내마이크로바이옴이 건강하게 자랄 수 있는 환경을 제공하는 것도 중요하다. 어떻게 하면 건강한 미생물이 넘치는 몸을 만들 수 있는지에 더 관심 가져야 한다.

📌 기억하자

1 사람의 몸은 균을 필요로 한다.
2 완전 무균상태에서는 생명을 유지할 수 없다.
3 항생제가 오히려 질병을 만든다.

지나친 단백질이
내 몸을 망친다

정말 단백질이 부족해서 병에 걸릴까?

우리 몸은 단백질로 이루어져 있다. 아름다운 근육뿐만 아니라
혈액, 호르몬, 각종 효소와 면역물질까지 단백질이 아닌 것이 없
다. 체조직을 이루는 구성성분이기에 단백질의 중요성에 대해
많은 사람들이 알고 있다. 늘 어떤 단백질을 얼마나 먹어야 하는
지는 오랫동안 논란의 문제가 되어 왔다. 코로나19로 면역력에
대한 관심이 올라가자 양질의 단백질을 먹어서 면역물질을 잘 만
들어야 한다는 주장도 나온다. 보통 그럴 때는 식물성 단백질보
다 동물성 단백질이 더 중요한 것처럼 들린다. 과연 동물성 단백
질이 면역력을 올려줄까? 대답은 '아니요'다. 오히려 동물성 단백
질은 면역에 문제를 가져오는 암과 자가면역질환, 염증과 관련이

있는 심장질환과 기타 골다공증, 비만, 당뇨병, 신장질환 등 수많은 질병을 양산시켰다.

동물성 단백질은 소화되면서 많은 노폐물을 만들어낸다. 단백질 대사산물로 질소, 요산, 암모니아가 생성된다. 이 성분들은 다 간과 신장을 통해 해독시켜야 하는 독소가 된다. 디옥시콜린산은 담즙산 중의 하나이지만 대장 내 클로스트리디아 박테리아에 의해 강산성물질로 전환된다. 전환된 성분은 대장암 발병을 일으키는 발암물질이 될 수 있다.

암은 급성으로 쉽게 걸리는 질병이 아니다. 소량의 발암물질만 몸에 닿아도 금세 암이 걸릴 것 같은 큰 두려움이 있지만 실제로는 그렇지 않다. 단백질과 질병의 상관관계를 밝힌 콜린 캠벨은 암생성의 3단계를 이야기한다. 암은 발현기, 촉진기, 진전기를 통해 진행된다. 발현기는 발암물질에 의해 암세포가 생기는 시기이다. 마치 잔디밭에 씨를 뿌리는 시기와 비슷하다. 그 암세포가 점점 자라는 시기가 촉진기이다. 그리고 잔디가 너무 무성하게 자라서 울타리를 넘어 다른 옆집 잔디까지 침범하는 시기가 전진기이다. 재미있는 것은 발암물질로 인해 이미 발현기에 있는 암세포라 할지라도 어떤 음식을 먹느냐에 따라 암세포가 더 커지는지 작아지는지가 확연하게 달라진다는 것이다. 콜린 캠벨에 의하면 그 차이는 100:0 정도라고 한다.

동물성 단백질은 면역의 균형을 깨뜨린다

어떤 음식은 암성장을 촉진시키고 어떤 음식은 암성장을 늦춘다. 사람들은 발암물질이라고 하면 겁을 먹고 절대 손도 대지 않으려 하는데 무지로 인해 매우 좋아하고 있는 성분이 있다. 필수영양소로 사랑받고 있는 단백질이다. 발암물질인 아플라톡신을 투여한 두 쥐 그룹에서 20% 카제인(우유단백질)을 준 그룹과 5% 카제인을 주는 그룹으로 나누어 실험했다. 20% 카제인을 투여한 쥐는 100주 실험 이후 모두 간암으로 죽거나 죽음 직전의 상태가 되었다. 반면 5% 쥐는 모두 살아 있었고 털에 윤기까지 좔좔 흐르는 건강한 상태였다.

더 재미있는 사실은 단백질의 성질에 따라 결과는 확연히 다르다는 것이다. 동물성 단백질과 우유 단백질에서는 동일한 결과가 나타났지만, 식물성 단백질인 글루텐을 20% 투여한 쥐에서는 암이 발생하지 않았다. 어떤 단백질인지에 따라 결과가 달라지는 것이다. 양질의 단백질로 알고 있는 동물성 단백질은 그 어떤 발암물질보다도 더 강력하게 암을 성장시키는 촉진제가 되었다. 실험을 조금 더 진행해본 결과 20%에서 5% 단백질로 줄이면 암의 크기도 같이 줄고 단백질을 늘리면 암도 같이 커졌다. 콜린 캠벨의 중국 프로젝트는 무려 2천 400개의 지역과 8억 8천만 명이라는 어마어마한 수를 기반으로 만들어진 암지도를 바탕으로 진행되었다. 그의 연구결과는 병원에서 암환자들에게 고기와 우유를 먹으며 영양보충을 잘하라고 하는 지시가 얼마나 위험한 것인가를 보여준다.

동물성 단백질은 면역계의 혼란을 가져오는 자가면역질환에서도 문제가 된다. 미국은 매년 25만 명이 40가지의 자가면역질환 중 하나를 진단받고 있다. 다발성 경화증, 류마티스 관절염, 홍반성 낭창, 제1형 당뇨병, 류마티스성 심장질환 등이 제일 자주 언급되는 자가면역질환이다. 자가면역질환은 내 몸의 일부를 외부물질로 인식하여 내 몸이 나를 공격하는 면역계의 대혼란이 일어나는 질환이다. 면역은 외부물질에 대해서 방어하도록 이루어지는 인체의 정교한 시스템이다. 그런데 왜 이런 교란이 일어나는 것일까? 음식과 관련이 있다. 소화과정에서 일부 단백질이 완전히 아미노산으로 다 분해되지 않은 상태에서 혈류로 들어온다. 혈류에서는 외부물질로 인식하고 공격하기 시작한다. 이렇

게 외부물질로 몸을 혼란스럽게 만드는 식품 중 하나가 우유다. 우유를 섭취하면 우유의 단백질과 여러 물질들이 소화되지 않은 채 몸에 이상면역을 가져온다. 우유를 많이 먹고 자란 아이들이 아토피, 알레르기가 심하다는 것은 이제 어느 정도 알려진 상식이다. 우유를 끊으면 건강에 유익한 일이 매우 많다.

유제품은 골다공증을 예방하는 것이 아니라 오히려 유발하는 것으로 알려졌다. 1992년 예일대학교 의대는 29개 학술지에 발표된 내용으로 동물성 단백질로 인한 골다공증의 골절률이 70%에 달한다고 보고했다. 동물성 단백질은 몸을 산성화시켜 이를 중화하기 위해 뼈에서 칼슘이 빠져나오게 한다. 그러면 소변의 칼슘양이 증가한다. 당연히 골밀도가 떨어지게 된다. 튼튼한 뼈를 위해 섭취한 우유가 오히려 더 골절률을 높인다. 이를 증명하듯이 미국과 낙농국가의 여성들의 골밀도가 낙농국이 아닌 나라의 여성보다 더 낮다. 칼슘 연구의 대가로 알려진 하버드대학교 교수 마크 헥스테드는 골절이 유제품과 칼슘을 더 많이 섭취하는 집단에서 일어난다고 했다. 오랫동안 우유나 칼슘을 먹게 되면 칼슘의 흡수와 배출을 조절하는 몸의 균형이 깨진다. 우유가 아니더라도 안전하게 칼슘을 얻을 수 있는 식물들은 훨씬 더 많다.

동물성 단백질과 신장결석

소변에서 냄새가 나거나 거품이 많이 나고 잘 사라지지 않는 증상이 있다면 신장질환을 의심해봐야 한다. 신장질환이 있을 경우 허리통증과 부종이 생기고 피부트러블이 일어나기도 한다. 그중 신장결석은 인간이 느끼는 통증 중에서도 매우 심한 것으로 알려져 있다. 유전적으로 생기는 경우보다 음식섭취를 통해 칼슘과 옥살산염으로 만들어진 결석이 주를 이룬다. 영국의학연구 재단의 W. G. 로버트슨은 식이요법과 신장결석에 대한 최고 권위자였다. 로버트슨 박사는 동물성 단백질과의 상관관계를 찾았다. 동물성 단백질이 함유된 음식을 먹으면 소변에 칼슘과 옥살산염이 급격하게 농축된다는 사실을 발견한 것이다. 이 연구에 참여한 사람들은 하루 55g의 동물성 단백질을 먹었다. 그러나 만약 건강을 위해 매일 동물성 단백질을 챙겨 먹는 사람이라면 신장결석이 생길 확률이 높다. 55g보다도 더 많이 먹는 사람들이 많을 것이기 때문이다. 반면 단백질을 먹지 않고 채식으로 음식을 바꿔주는 것만으로도 신장결석은 재발되지 않았다.

한국영양학회에서 권고하는 하루 단백질의 양은 전체 칼로리의 7~8% 수준이다. 그러나 언론과 수많은 건강정보는 10~15%를 먹도록 권고하고 있다. 동물실험에서 암을 유발했던 양은 10%이다. 면역력을 위해 양질의 동물성 단백질과 유제품을 권하는 것은 오히려 더 많은 자가면역질환과 암을 일으키는 위험한 지식임을 자각해야 한다. 현미 식사만으로도 8% 정도 단백질이 채워진다. 완두콩에는 21%, 아스파라거스 27%가 단백질임을 생각할 때 우리가 보통 먹는 식사만으로도 단백질은 결핍되기 어렵다.

📌 **기억하자**

1 동물성 단백질은 면역의 균형을 깨뜨린다.
2 동물성 단백질은 신장결석을 유발한다.
3 보통의 식사로 단백질이 결핍되기는 어렵다.

자율신경의 균형이 깨지면
면역이 깨진다

자율신경은 우리 몸의 장기를 주관하는 신경계이다. 이 자율신경계는 교감신경과 부교감신경으로 이루어져 있다. 교감신경은 주로 긴장상태, 부교감신경은 편안한 상태를 주관한다. 과다한 스트레스를 받거나 일할 때 긴장하고 맥박과 호흡이 빨라지는 것은 교감신경의 기능이다. 음식을 섭취하면 기분이 좋아지고 맥박과 혈당이 떨어지면서 뇌가 편안한 상태가 되는 것은 부교감신경 때문이다.

교감신경은 과립구를 주관한다

면역세포도 종류에 따라 교감신경과 부교감신경의 지배를 다르게 받는다는 연구결과가 있다. 아보 도오루 박사는 백혈구의 자율신경 지배법칙을 연구했다. 면역세포인 백혈구는 크게 과립구, 림프구, 단핵구로 나눠볼 수 있다. 과립구는 호중구, 호산구, 호염구로 염색이 되는 과립의 색에 따라 나눈 것이다. 림프구는 T세포와 B세포를 의미한다. 단핵구는 대식세포와 수지상세포를 의미한다. 과립구는 선천면역에 관여하고 림프구는 후천면역에 관여한다. 아보 도오루에 따르면 과립구는 교감신경의 지배를 받고 림프구는 부교감신경의 지배를 받는다고 한다. 면역의 질서는 과다한 스트레스를 받아도 문제가 되고, 지나친 보호를 받아도 문제가 된다. 스트레스와 휴식의 균형이 건강한 면역을 지켜준다.

과다한 스트레스를 받으면 교감신경이 작동하여 과립구를 증식시킨다. 일정 수준의 과립구는 병원체를 처리하는 기능을 하지만 지나치게 증가할 경우 과면역이 되어 점막과 피부를 손상시킨다. 세균이 있을 때는 화농성 염증을 유발하고, 세균이 없으면 조직을 파괴해 염증을 유발한다. 그간 원인불명의 많은 질병들이 과립구-교감신경 관계를 이해하면서 해결이 되는 경우가 많다. 대표적인 염증성 질환인 위궤양, 십이지장궤양, 궤양성대장염과 크론병, 치질은 점막의 파괴로 인한 염증이다. 단순히 '스트레스성'이라는 이유로 생성된다고 알려진 점막 손상은 과립구-교감신경 지배법칙으로 이해할 수 있다. 점막은 스트레스에 취약해서 과립구 증가로 인해 점막에 염증이 생기는 것이다. 과립

구가 대장점막을 파괴하면 궤양성대장염이 되고, 소장의 점막을 파괴하면 크론병이 된다. 이 외에도 스트레스가 원인이 되는 질병으로는 급성췌장염과 급성신장염, 자궁내막증, 난소낭종, 돌발성난청과 같은 질환이 있다. 이러한 질병으로 고통받는 사람들을 살펴보면 이혼이나 사업 실패 등 마음의 큰 괴로움을 겪고 있는 경우가 많다. 요즘 어린 청소년들에게서도 원인을 잘 알 수 없는 크론병이 심심치 않게 발견되는데 지나친 스트레스로 인한 과립구 증가로 이해할 수 있다.

부교감신경은 림프구를 주관한다

부교감신경이 림프구를 지배하면서 나타나는 질환은 알레르기이다. 알레르기는 귀족병이라고도 불렸다. 옛날에는 주로 귀족

아이들이 일반 아이들보다 더 많이 걸렸기 때문이다. 요즘도 여러 형제들과 함께 자라는 아이들보다 혼자 자라는 아이들에게서 더 많이 나타난다. 어려움이 없는 지나치게 편한 생활이 이어질 때 부교감신경의 지배로 인해 림프구가 과다증식하게 되어 나타나게 된다. 어린이의 경우 과보호를 받을 때 알레르기가 생기기 쉽다. 어른의 경우 과식과 운동 부족으로 부교감신경 우위가 되어 알레르기가 될 수 있다. 림프구 과잉으로 인해 생기는 질병으로 알레르기성 비염, 아토피성 피부염과 천식 등이 있다. 아나필락시스나 항생제에 과민반응을 보이는 경우도 림프구가 많은 경우다. 이는 지나치게 편한 생활을 해도 병이 될 수 있으니 적당한 일과 스트레스가 건강에 좋다는 말을 뒷받침한다.

감기 같은 바이러스 질환은 림프구가 많은 사람이 더 잘 걸린다. 감기에 잘 걸린다고 해서 면역력이 나쁘다고 만은 볼 수 없다. 지나치게 병이 깊은 환자들은 감기도 잘 안 걸리기 때문에 감기에 걸리는 것이 몸이 약하다고 단정 짓기는 어렵다. 림프구-바이러스 질환 법칙에 대비하면 잘 이해가 되지 않는 현상들이 풀리기도 한다. 한집에서 살며 같은 음식을 먹던 가족 중에서도 코로나19에 노출이 되었을 때 감염되는 사람과 감염되지 않는 사람으로 나뉘는 일이 있다. 같은 식구라도 림프구의 차이가 있기 때문이다.

또한 일반적으로 어린이들은 림프구가 많고 부교감신경이 우세하다. 어린이는 감기만 걸려도 염증이 심해지기도 한다. 성장하면서 림프구 수는 줄어든다. 15세까지 50%를 차지하던 림프구가 성인이 되면 30~40%로 떨어진다. 어릴 때는 감기에 잘 걸리다가 어른이 되어 나아지는 경우도 림프구수의 변화로 이해할 수 있다.

반대로 암은 교감신경이 우세한 상태이다. 암은 과다한 스트레스와 부정적인 생각과 예민함이 지속되어 걸리는 경우가 많다. 암환자는 부교감신경이 억제된 상태이므로 림프구수가 매우 부족해진다. 실제 암환자들은 림프구수가 전체 백혈구의 30% 이하 상태이다. 따라서 림프구수를 늘리는 치료가 필요하다. 교감신경을 억제하고 부교감신경이 우세한 방향의 치료가 근본 해결

이 된다. 스트레스를 해소하고 마음이 즐거운 치료를 병행해야
만 암으로부터 멀어질 수 있다.

두 신경계의 조화가 면역을 키운다

자율신경계가 균형과 질서가 잡히면 최상의 면역력을 만들 수 있
게 된다. 너무 긴장하지도 않고 너무 편안하지도 않게 산다는 것
은 참 어려운 일이다. 면역질환으로 오랫동안 고생하는 사람들
은 음식과 함께 생각과 라이프스타일을 바꾸는 것이 중요하다.
아보 도오루는 암을 치유하고 싶은 환자들에게 4가지 조건을 만
들었다.

① 생활패턴을 바꾼다.
② 암에 대한 공포에서 벗어난다.
③ 면역을 억제하는 치료를 받지 않는다.
④ 적극적으로 부교감신경을 자극한다.

현대의학은 전쟁의학이라는 말이 있을 정도로 응급상황을 극
복하기 위한 치료 중심으로 발달했다. 팔다리가 부러지면 외과
수술로 치료를 하고 감염된 곳에 항생제를 발라 2차감염을 예방
했다. 응급의학으로서의 현대의학의 가치는 매우 높다. 그러나
많은 사람들이 고통을 겪고 있는 암과 자가면역질환 같은 질병

은 급성이 아닌 만성질환이다. 오랫동안 몸의 내부에서 균형과 질서가 깨어져온 것이다. 약과 주사와 수술로 겉만 치료하는 방법으로 접근하면 실패한다. 몸의 내부 환경을 최적의 상태로 만들어주는 치료가 필요하다. 자율신경계의 균형을 이루는 치료가 반드시 병행이 되어야 한다.

제약산업이 발달하기 이전의 의학에는 자율신경계를 이해하고 균형과 질서를 중심으로 하는 치료법이 많이 있었다. 자연요법, 정체요법, 심리요법, 동종요법 같은 치료이다. 자연요법은 자연에서 난 것으로 몸을 치유한다는 철학을 배경으로 한다. 기후요법, 온천요법, 삼림요법 등이 이에 해당된다. 정체요법은 카이로프랙틱이나 침구술, 안마, 마사지 등으로 비뚤어진 체형을 바로잡음으로 치유한다. 동종요법은 신체가 가지고 있는 자연치유력을 강화시킴으로 병을 고친다. 심리요법은 마음의 불균형을 잡음으로 병을 치료한다. 병이 마음에서 온다는 것을 배경으로 한다. 하버드대학교의 마인드바디 연구소에서는 질병의 98%는 생각과 마음의 고통에서 오는 것으로 이야기한다. 요즘은 현대의학도 이러한 치료 쪽으로 범위가 넓어지고 있다. 스트레스를 치료할 만한 약이나 주사는 없기 때문이다. 웃음치료를 비롯해 음악치료, 미술치료, 독서치료, 필사치료 등 다양한 방면으로 마음의 질서를 잡아준다. 마음이 너무 예민하지도 너무 게으르지도 않는 중용의 삶이 필요하다. 질병은 삶의 균형이 깨어진 것이 원인이기에 치료도 삶의 균형을 회복하는 데서 시작한다.

📌 **기억하자**

1 백혈구는 자율신경계의 지배를 받는다.
2 교감신경은 과립구를 주관하고 부교감신경은 림프구를 주관한다.
3 두 신경계의 조화를 이루는 라이프스타일의 변화가 면역력을 키운다.

- **교감신경** 교감신경은 신체가 위급한 상황일 때 이에 대처하는 기능을 한다. 교감신경이 흥분하면 근육의 세동맥은 확장되고 심장박동수가 증가하며 피부와 소화관의 세동맥은 수축하여 혈압이 상승한다. 따라서 피부나 위장관의 혈액이 뇌, 심장, 근육으로 집중되는 현상이 일어난다. 또한 동공의 확대, 항문과 방광의 조임근의 수축이 나타나며 소화기관과 방광의 민무늬근육이 이완된다. 털세움근도 영향을 받아 털이 일어서고 땀이 분비되는 현상이 일어난다.

- **부교감신경** 부교감신경의 기능은 에너지를 보존하는 것이다. 심박동수는 감소하며 동공이 수축하고 소화관의 연동운동과 분비샘의 분비가 증가하며 항문과 방광의 조임근은 이완되고 방광벽이 수축한다. 교감신경 및 부교감신경은 서로 협력하여 내부환경의 안정성을 유지한다. 교감신경은 신체가 갑작스럽고 심한 운동이나 공포, 분노와 같은 위급한 상황에 대비하고 반응하게 한다. 부교감신경은 위장관의 분비와 연동운동을 촉진함으로써 소화와 흡수를 촉진하는 것과 같이 에너지를 절약하고 저장하는 작용을 수행한다. 교감신경 및 부교감신경은 일반적으로 한 장기에서 서로 반대로 작용한다. 예를 들면, 교감신경은 심장박동을 촉진하지만, 부교감신경은 심장박동을 억제한다. 교감신경은 기관지의 민무늬근육을 이완시키는 반면, 부교감신경은 이를 수축시킨다.

실천편

면역력,
이렇게 높이자!

3장

이렇게 하면
면역력이 커진다

면역력이 약하면
밥 먹지 마라

주식을 바꾸면 건강하다

한국인의 주식은 쌀밥이다. 따끈한 쌀밥과 국 그리고 반찬으로
이루어진 식사를 최고로 치고, 밥을 먹지 않고 다른 음식을 먹으
면 영양이 결핍된 식사를 하는 것처럼 생각한다. 감기 몸살에 걸
려서 입맛이 없으면 죽을 끓여 먹고, 간혹 바빠서 끼니를 놓치면
김밥이나 라면, 국수, 빵 같은 탄수화물 음식으로 배를 채워야 든
든하다고 생각한다. 그런데 이는 잘못된 생각이다. 정제된 탄수
화물 음식을 먹으면 비만과 당뇨병, 고혈압, 심혈관질환 등 많은
병에 걸리기 쉽다. 정제탄수화물이 널리 보급된 후 각기병, 비타
민 결핍증 등 다양한 질병이 많아졌다. 더 다양한 음식이 나오면
서 질병의 종류도 늘어간다.

한국인은 밥심이라는 말이 생긴 이유는 인체가 사용하는 1순위 에너지원이 탄수화물이기 때문이다. 탄수화물은 우리 몸에서 가장 많이 사용하는 소중한 에너지원이다. 탄수화물은 녹말과 당, 식이섬유 세 가지 형태로 존재한다. 농경사회인들은 녹말 형태의 탄수화물을 섭취해서 꼭꼭 씹어 소화시켜 당 에너지원을 만든다. 그런데 이렇게 힘든 소화를 거치지 않고도 더 쉽게 완전영양소를 섭취하던 시절이 있었다. 곡물 위주의 탄수화물이 주식이 된 시기는 인류 역사 전체로 볼 때 그리 오랜 세월이 아니다.

농경생활인보다 더 건강한 수렵채집생활인

1만 년 전, 농경생활이 시작되기 전까지 인류는 수렵채집생활을 했다. 나무에서 열리는 과일과 견과류 열매를 따 먹고 야생식물을 채취하여 먹고 물고기를 잡아먹고 때로는 다른 동물도 먹었다. 농경생활은 과일이 열리지 않는 계절에도 저장을 통해 안정적인 식사를 제공해주었을 것이다. 그렇다면 농경생활인은 수렵채집인에 비해 더 건강해져야 했다.

책 《총 균 쇠》의 저자 제레드 다이아몬드Jared Diamond는 농업의 도입이 재앙이었다고 말한다. 그의 말에 따르면 농업혁명이 건강과 행복을 주기보다 오히려 질병과 문제를 주었다. 여러 자료를 통해 농경생활인이 수렵채집인보다 더 건강하지 않았던 흔적

들을 발견했다. 농경생활인은 영양소와 비타민 결핍으로 인한 구루병과 각기병, 펠라그라, 괴혈병, 철결핍성 빈혈과 치아 에나멜 결손, 퇴행성 척추 질환 등 질병이 몇 배 더 많이 발견되었다. 수명도 짧았다. 한곳에 정착해서 생활하기 때문에 결핵이나 말라리아 같은 전염성 질환에도 걸리기 쉬웠다. 수렵채집인에 비해 음식의 다양성이 떨어진다. 과일과 야채의 양도 많이 줄었다. 수렵채집인은 에너지의 65%를 과일과 채소에서 얻었지만 농경사회인은 20% 미만으로 섭취했다. 요즘 우리의 식습관을 봐도 신선한 과일과 야채보다 정제된 곡물 위주의 식사가 주류를 이룬다.

　수렵채집인은 더 적게 일하고도 더 건강했다. 그는 '인류 역사상 최악의 실수'라는 글에서 수렵채집인 쿵족은 음식을 얻기 위해 매주 12~19시간을 썼고 탄자니아 하드자족은 14시간을 일한다고 밝혔다. 그럼에도 그들은 충분한 칼로리와 단백질을 섭취하며 75가지 이상의 야생식물을 먹을 수 있었다고 한다. 실제 그리스와 터키의 유골에서 수렵채집인의 키가 농경사회인보다 더 큰 것으로 확인되었다. 수렵채집인의 평균 키는 남성 175cm, 여성 165cm였다. 농경생활을 한 기원전 3천 년에는 평균키가 남성 160cm, 여성 152cm 정도로 매우 작았다. 더 미개할 것만 같은 수렵채집인이 농경생활인보다 건강했다는 사실은 음식이 넘쳐나는 시대를 살고 있는 우리에게 충격을 안겨준다. 우리는 무엇을 어떻게 먹어야 할까?

골고루 잘 먹어야 한다는 말의 진짜 의미

골고루 잘 먹어야 건강하다는 말의 진짜 의미를 다시 생각해봐야 한다. 잘 먹는다는 것이 쌀밥과 다양한 조미료로 요리한 반찬을 곁들인 식사가 아니다. 다양한 영양소는 식탁의 모습이 아니다. 몸을 구성하는 세포에 반드시 필요한 영양소가 얼마나 있는지이다. 세포는 약 50종의 영양소를 필요로 한다. 어떤 음식을 먹더라도 제대로 소화해서 내 몸에 잘 흡수해야 최상의 영양상태가 가능하다.

　수렵채집인이 농경생활인보다 더 건강했던 이유는 그들의 밥상과 라이프스타일에서 찾아볼 수 있다. 수렵채집인의 주식은

나무의 열매와 다양한 식물이다. 자연이 준 그대로의 모습이다. 수렵채집인은 우리가 주식이라 여겼던 현미나 통밀 같은 곡물을 일정하게 먹지 못했다. 그럼에도 농경생활인보다 건강했다. 그들의 라이프스타일은 농경생활인보다 더 활동적이었을 것이다. 허리를 구부려 일하는 대신 자연을 뛰어다니며 움직이는 시간이 많았을 것이다.

수렵채집인의 주식은 유인원의 주식과 비슷했을 것이다. 사람과 99.6% 유전자가 같은 원숭이, 고릴라, 침팬지 등의 유인원은 바나나 같은 과일을 주식으로 먹고 에너지와 근육을 만든다. 사람도 가장 소화가 잘 되고 순수한 당은 과일에서 얻을 수 있다. 곡물 탄수화물이 애써 침샘과 췌장의 소화효소로 소화를 시켜야만 얻을 수 있는 것과는 대조적이다. 정제된 탄수화물을 오래 먹으면 인슐린 조절에 문제가 오기도 한다. 당뇨와 고혈압, 비만의 문제도 심각하다. 국내 1880만 인구가 이 질병으로 시달리고 있는 지금, 곡물이 진정한 주식으로서의 가치가 있는지 생각해봐야 한다.

과일의 당은 순수하고 소화 흡수가 잘 되는 형태이다. 오히려 정제된 탄수화물의 위험인 인슐린저항성의 문제도 없다. 과일은 현미나 고구마보다도 더 낮은 당지수를 가지고 있다. 곡물에 없는 비타민과 미네랄과 식이섬유도 풍부하다. 비타민 결핍과 빈혈에 시달릴 필요도 없다. 한 알의 열매는 그 나무가 지닌 완벽한 영양이 담겨 있다. 사과 한 알에는 탄수화물과 지방과 단백질, 수십 종의 비타민과 미네랄 그리고 식이섬유, 항산화영양소인 퀘르세틴과 생명의 빛 효소 그리고 이름을 알 수 없는 자연의 무수한 영양소까지 풍부하게 담겨 있다.

열매 위주의 식사를 하는 사람들은 만성질환이 없다. 오히려 암과 자가면역질환과 같은 만성질환에서 완치되는 사례도 있다. 《사라진 암》의 저자 한상도 씨는 곡물 위주의 식사와 무절제한 삶에서 얻은 암을 과일과 야채 위주의 식사로 바꾼 후 1년 반 만에 완치했다. 자가면역질환 베체트병으로 평생 스테로이드제를 먹던 30대 여성도 열매 위주의 식사를 통해 200여 일만에 더 이상 약을 먹지 않아도 되는 몸으로 달라졌다. 우리는 최소한 하루 식사량의 30% 정도라도 신선한 과일과 야채로 채워야 한다. 두 끼를 열매로 먹는다면 누구나 지금보다 나은 컨디션이 될 것이다. 만성피로와 빈혈, 면역질환에 시달리는 사람이라면 당장 밥 먹지 말고 열매를 먹어야 한다.

📌 기억하자

1 정제탄수화물이 주식이 되면 건강이 나빠진다.
2 농경생활인보다 수렵채집생활인이 더 건강하다.
3 하루 한 끼의 열매 식사가 건강한 몸을 만든다.

홍삼보다
해독이 먼저다

홍삼보다 해독이 먼저다

면역력을 올리기 위해 홍삼과 같은 면역증강식품을 많이 찾는
다. 무엇을 더 먹는지보다 중요한 것은 몸에 쌓인 독소를 배출하
는 것이다. 독소가 가득한 몸은 면역에 좋은 음식이 효과를 보기
어렵다. 집 안에 물건이 가득 차 있는데 비싼 가구를 들여놓는다
고 빛이 날 리가 없는 것과 같다. 특히 배달음식이나 과자, 빵, 면
류, 육가공식품 등의 음식을 자주 먹었다면 몸에는 독소가 많이
쌓여 있다. 이러한 독소들은 몸에 불필요한 성분으로 염증을 만
든다. 몸속에서 일어나는 미세한 염증은 만성염증으로 바뀌어
면역력을 떨어뜨리고 면역력이 떨어지면 각종 질환에 노출되기
가 쉽다. 특히 만성염증을 해결하지 않으면 최악의 경우 암이 생

성된다. 만성췌장염은 췌장암으로, 자궁내막염은 자궁내막암으로, 만성전립선염은 전립선암으로 그 병이 커진다. 독소가 쌓이면 염증이 생기고 이는 만성염증이 되고, 또 이것은 암으로 이어지는 연결고리를 간과해서는 안 된다.

해독의 효과는 독일의 의사 막스거슨의 치료법에서 확인해볼수 있다. 그는 몸 전체의 독소를 빼는 치료를 중심으로 당시 불치병이었던 피부결핵환자 중 99%를 완치했다. 그중에는 알버트 슈바이처 박사의 부인도 포함되어 있었다. 결핵환자들은 그 외에도 고혈압, 천식, 알레르기, 신장병을 함께 앓고 있었는데 이 질환들도 함께 치료가 되었다. 막스거슨의 치료를 받은 환자들은 덤으로 여러 증상과 함께 시력까지 좋아지는 효과를 보았다. 거슨의 치료법은 몸 전체의 내부환경을 개선시켜 줌으로써 여러 증상들을 함께 해결해주었다. 어떤 한 가지 음식이 '특정한 장기에 좋다'라는 공식은 몸 전체를 이해하지 못했기 때문이다. 몸은 연결되어 있다. 몸에 쌓인 독소를 제거하는 것이 모든 치료의 시작이 되어야 한다.

막스거슨은 피부결핵치료 후 말기암환자를 대상으로 치료를 이어갔다. 그는 암의 원인을 유전자나 특정발암물질에 두지 않았고, 몸 전체에 독소배출이 안되어 일어난 신진대사의 퇴행을 원인으로 보았다. 몸이 망가진 원인의 중심에는 간과 장이 있다. 막스거슨은 암환자에게 커피관장을 통해 장과 간에서 독소배출을 돕고 하루 13잔의 과일야채즙으로 세포에 칼륨을 공급했다. 질병상태의 세포는 대부분 칼륨이 있어야 할 곳에 나트륨이 많이 쌓여 있다. 하루 13잔의 과일야채즙은 해독과 동시에 세포에 필요한 영양소를 공급해주었다. 암치료의 핵심은 깊이 있는 해독과 간과 장과 모든 장기의 신진대사를 회복하는 것이었다. 암 자체를 제거하고 일부 장기를 회복하는 것보다 모든 신진대사의 기능을 회복하면 암은 자연히 극복된다. 막스거슨의 치료는 당시 제약산업이 성장하는 분위기에서 돌팔이 취급을 받았지만, 지금도 딸 샤롯거슨이 멕시코를 중심으로 치료를 이어가고 있으며 전 세계에서 그의 치료법을 배우러 온다. 우리나라도 대한제암거슨의학회를 통해 한국인에게 맞는 치료를 연구해가고 있다.

생명의 중심, 간

피곤하고 눈이 뻑뻑한 이유, 우울하고 쉽게 화를 내는 이유, 얼굴에 핏기가 없고 머리카락이 푸석푸석한 이유, 면역력이 떨어지는 이유, 물만 먹어도 살이 찌는 이유들은 모두 간기능과 관련되어 있다. 신진대사의 핵심장기는 간이다. 한의학적 관점에서 보면 간은 혈액을 저장하고 조절하는 역할을 한다. 《병의 90%는 간 때문이다》에서는 간기능에 문제가 오면 담기능, 신장, 위, 심혈부족, 폐건조증이 연결되어 나타난다고 한다. 간의 문제로 담기능이 저하되어 불면증이 오고 꿈을 많이 꾸며 자주 놀라고 황달이 오기 쉽다. 신장도 연결되어서 허리와 무릎이 시큰거리며 이명에 노출되고 청력이 감퇴하며 현기증이 자주 발생한다. 위기능이 떨어져 복부팽만이나 설사, 소화불량이 생기고 속이 답답하거나 온몸이 나른해지며 옆구리 통증이 온다. 심혈관계에도 영향을 주어 가슴이 두근거리거나 어지럼증과 얼굴이 칙칙해지고 눈이 건조해지는 증상이 나온다. 폐도 건조해져 마른기침을 하거나 쉽게 화를 내고 각혈을 하기도 한다.

양의학적 관점에서 간은 영양소의 합성과 대사, 생산과 해독에 관여한다. 간은 첫 번째, 에너지 대사를 한다. 음식에서 흡수된 영양소를 가지고 필요한 형태로 변환시켜 다른 장기로 보내준다. 쓰고 남은 에너지는 간에서 저장한다. 불필요한 물질은 해독과정으로 처리한다. 밥을 먹어 소화시키고 남은 탄수화물은 글

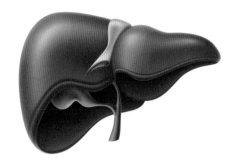

리코겐 형태로 간에서 저장한다. 글리코겐은 필요할 때 포도당으로 전환되어 혈당을 유지시켜주고, 또 에너지원으로 사용되기도 한다. 또한 간에서는 단백질을 이용해서 알부민이나 혈액응고에 관여하는 물질들을 만들어낸다. 지방을 소화시키기 위한 담즙산을 만들어 지방소화를 돕는다. 만능인 간은 탄수화물, 단백질, 지방 대사에 모두 관여한다.

　두 번째, 다양한 생리활성물질을 만든다. 효소와 비타민과 1천 500ml의 담즙을 만들고 혈액응고와 면역에 관련된 단백질도 만든다. 비타민과 미네랄을 저장하는 역할도 한다. 비타민과 미네랄은 조효소로 작용하여 각종 효소의 작용과 기능에 빠질 수 없다. 온몸을 조절하는 호르몬 대사도 간에서 기능한다. 그래서 간 기능에 문제가 오면 호르몬 불균형이 올 수 있다. 호르몬제를 맞기 전에 내가 얼마나 간의 건강을 챙기고 관리했는지 살펴보는 것이 좋다.

　세 번째, 간은 해독작용을 한다. 하루에도 수천수만 가지의 해로운 물질이 우리 몸에 직간접적으로 들어온다. 아무리 이상한 음식을 먹어도 바로 쓰러져 의식을 잃거나 죽지 않는 이유는 간과 장에서 해독을 하기 때문이다. 암모니아를 요소로 전환시켜 소변으로 배출시키는 작용도 간이 한다. 술을 마시면 알코올을 어디서 해독하는가? 간이다. 몸에 좋은 것으로 알고 있는 약도 화학성분이라 해독하지 않으면 몸에 위협을 준다. 이런 화학물질까지 간에서 해독해내고 유해물질이 심장과 뇌에 가지 않도록 안전하게 보호해준다.

네 번째, 간은 면역작용을 한다. 장에서 흘러오는 독소와 유해세균들을 막아낸다. 간에는 쿠퍼세포라는 대식세포가 있어서 해로운 세균과 물질들을 잡아낸다. 면역에 관련되는 단백질도 간에서 만들어진다. 인터페론, 사이토카인, 퍼포린 등 면역세포들이 사용하는 무기 같은 단백질을 생산하는 장기도 간이다. 간은 엄청난 청소부로 활동하고 있다.

이러한 간의 기능에 문제가 생기면 온몸의 영양소 공급과 대사에 문제가 온다. 아무리 좋은 음식을 먹어도 소용이 없다. 비싼 보양식을 먹는 것이 중요한 게 아니라 간에서 얼마나 활용하고 있는지가 중요한 문제다.

간을 위한 생명의 에너지, 항산화영양소
술을 마시면서 과일을 먹으면 술이 잘 깬다는 경험을 해본 사람들이 있다. 과학적으로도 가장 건강한 안주는 과일이다. 그 이유는 간에 필요한 영양소를 공급해주기 때문이다. 간은 위에서 말한 것처럼 엄청난 화학공장으로써 열심히 기능하기에 활성산소가 많이 생겨난다. 활성산소는 장기가 일을 많이 할수록, 노폐물을 많이 해독할수록 생겨난다. 이 활성산소를 그대로 두면 간기능에 해를 끼쳐 제대로 해독이 되지 않는다. 활성산소를 중화시키는 중화제가 바로 항산화영양성분이다. 이 성분들은 대부분 과일과 야채에 포함되어 있다. 폴리페놀, 안토시아닌, 퀘르세틴이나 비타민 A, C, E 같은 성분들이 항산화영양소다.

막스거슨이 하루 13잔의 녹즙을 암환자들에게 마시게 했던 이유도 간기능의 회복에 있다. 녹즙은 세포에 칼륨을 공급하면서도 다양한 식물활성물질들이 간세포의 재생을 돕는다. 특히 막스거슨이 추천하는 해독용 야채와 과일은 사과와 당근이다. 아침 식사를 밥이나 빵 대신 과일로 바꾸었을 때 매우 빠르게 뱃살과 내장비만이 빠지는 것을 볼 수 있다. 면역이 약하면 아침에 쌀밥이나 빵보다 과일을 먹어보자.

📌 기억하자

1 좋은 음식을 먹는 것보다 중요한 건 나쁜 성분을 해독하는 것이다.
2 해독의 중심장기는 간과 장이다.
3 자연식이 해독음식이다.

완전소화로
고품질 면역단백질을 만들어라

소화되지 않으면 독소가 된다

아무리 비싼 보양식이라도 몸에서 완전히 소화되지 않으면 노폐물을 만든다. 음식이 소화효소에 의해 완전히 소화되었을 때만 몸에 영양소로 흡수된다. 음식이 완전소화되지 않으면 몸속에서 탄수화물은 발효되고 단백질은 부패하고 지방은 산패된다. 소화되지 않은 상태는 몸에서 해결해야 할 독소를 만들고 이는 간과 신장과 장과 림프에서 해독에 대한 부담을 가중시킨다. 무엇이든 지나치면 해가 된다. 소식이 왜 이로운지 바로 이 부분에서 답을 얻을 수 있다. 지나침으로 인한 몸에 독소를 남기지 않는 조화와 균형을 이루는 지혜로운 식사가 몸에 도움을 준다.

완전소화하면 간이 건강하다. 간이 건강할 때 모든 에너지 대

사와 신장, 담, 폐 등의 장기가 건강하다. 림프절과 골수의 건강
도 좋아지고 면역세포에 필요한 단백질도 잘 만들어진다. 가끔
면역력을 위해 고기나 달걀 등으로 단백질을 보충하라는 말을 여
기저기서 듣게 된다. 정말 동물성 단백질이 부족해서 면역력이
떨어졌을까? 앞서 2장에서도 동물성 단백질은 암과 자가면역질
환의 근원이 되는 식품이라고 언급했다. 단백질을 먹는다고 몸
속에서 단백질이 채워지고 근육이 만들어지는 것은 아니다.

소는 풀을 먹고 셀룰로오스를 소화시켜 근육질 몸매를 만든다.
기린이나 코끼리 같은 덩치가 큰 초식동물도 마찬가지다. 원숭이
와 고릴라, 침팬지는 나무에 달린 열매를 먹고 소화시켜 근육질
몸을 만든다. 단백질 섭취를 거의 하지 않고도 말이다. '단백질=고
기'는 공식이 아니다. 채식을 하는 사람들이 근육질 몸매가 될 수
있는 이유도 먹은 음식을 소화시켜 근육을 만들었기 때문이다. 소
화되지 않은 음식이 간을 상하게 하고 면역력을 떨어뜨린다.

자연식으로 완전소화하라

도시에서 살다가 암 선고를 받은 사람들이 이사를 간 후 암이 완
치되는 곳이 있다. '블루존Blue Zone'이라는 세계 5대 섬이다. 장수
마을을 연구한 댄 뷰트너Dan Buettner 박사는 그의 저서에서 코스
타리카 니코야반도를 비롯해 그리스 아카리아섬, 이탈리아 사르
디나, 일본 오키나와섬, 미국 캘리포니아 주 로마린다를 블루존

으로 꼽았다. 본래 100세인이 많이 사는 곳으로 알려진 곳인데 암과 만성질환자가 거의 없어 의사가 할 일이 없기로도 유명하다. 말기암으로 6개월 시한부 판정을 받은 미국인 모라이티스는 블루존으로 이사한 후 46년을 더 살고 있다. 이들이 먹는 음식은 대부분 과일과 야채, 해산물 위주이며 가공식품이 없다.

블루존 식단은 95~100% 과일과 야채, 견과류와 콩류 등의 식물성 식단으로 구성한다. 고기는 한 달에 5회로 제한하고 달걀도 1주일에 3개 이상은 먹지 않는다. 1주일에 생선을 3회 먹고 유제품은 거의 섭취하지 않는다. 설탕을 하루 28g 이하로 줄이고 물은 7잔 이상을 마신다. 배가 어느 정도 차면 식사를 멈춘다. 동물성식품과 가공식품은 최소로 하고 식물성 식단을 최대화하는 방식의 식단이다. 이러한 음식을 완전히 소화시키면 몸은 불필요한 독소가 쌓이지 않는다. 과식하지 않고 몸에 꼭 필요한 영양소가 공급되면 몸은 병들지 않는다. 면역작용에 균형이 잡힌다. 독일의 막스거슨의 식사법, 일본의 니시의학과 블루존 식단 모두 공통적으로 식물성 음식이 인체에 더 이롭다는 것을 강조한다. 식물성 자연식에서 멀어진 것이 질병과 가까워진 이유가 된다.

간에서 면역물질이 만들어진다

면역력을 담당하는 장기는 골수와 림프절, 혈액의 면역세포와 점막 아래층의 면역세포라 할 수 있다. 이러한 면역세포와 면역 단백질을 만들어내는 영양소는 간에서 생성된다. 간이 건강하면 이 물질을 잘 만들지만 간기능이 떨어지면 제대로 만들지 못한다. 소가 풀만 먹어도 근육질 몸매가 되는 것처럼 자연식의 음식을 먹고 완전소화하면 간은 알아서 면역에 필요한 단백질을 만들어낸다. 그 영양을 받은 골수는 혈액을 건강하게 생산한다. 백혈구도 골수에서 만들어져 림프절에서 성숙하게 된다. 면역세포들은 인터페론과 사이토카인과 그랜자임과 퍼포린이라는 무기를 만들어 서로 신호전달을 하기도 하고 병원체를 사멸시키기도 한다. 이러한 작용들이 원활하게 이루어지려면 각각의 세포와 면역물질들이 잘 만들어져야 한다. 그렇기에 면역력을 논하기 전에 기본적으로 간과 골수의 건강상태를 살펴봐야 한다.

아침에 해가 뜨고 저녁에 해가 지는 자연의 순리처럼 인체도 스스로의 질서와 균형을 가지고 있다. 한의학에서는 사람이 자연과 가까워지면 병에서 멀어지고 자연과 멀어지면 병과 가까워진다고 한다. 조금만 아프면 약과 병원에 의존하는 자세보다 내 몸 안에 있는 의사, 면역력을 더 신뢰하는 것이 지혜롭다.

📌 **기억하자**

1 완전소화되지 않으면 독소가 된다.
2 자연식으로 완전소화하라.
3 간이 건강하면 스스로 면역물질을 만든다.

혈액순환만큼 중요한
림프순환

알레르기의 원인은 림프일지도 모른다

집에 하수도가 막히면 어떨지 상상만 해도 아찔하다. 하수도처럼 우리 몸에서 절대 막히면 안 되는 것이 혈관과 림프관이다. 그런데 사람들은 혈관이 막힌다고 하면 심각하게 느끼지만 림프가 막힌다고 하면 어떤 위험이 있는지 잘 가늠을 하지 못한다. 림프는 해독에 있어서 아주 중요한 역할을 한다. 해독과 영양의 관점에서 보면 해독 없이 생명을 유지할 수 없다. 림프순환이 제대로 이루어지지 않아 나타나는 대표적인 증상이 붓기다. 아침에는 부츠가 잘 맞았지만 저녁에는 부츠에 다리가 들어가지 않아 고통을 호소하는 사람들이 있다. 붓기는 그대로 두면 살찌는 체질로 가기가 쉽다. 또 피부의 신진대사가 잘 안 되어 기미와 주름이 생

기고 낯빛이 칙칙해진다. 몸의 노폐물이 잘 빠져나가지 않아 독소가 쌓이고 없던 알레르기가 생기기도 한다.

체질이 바뀌어서 알레르기가 생기는 것보다 림프순환이 안되어 쌓인 독소가 문제가 된다. 독소를 해결하면 알레르기가 사라지는 경우가 많다. 림프순환이 안 되면 담즙 분비도 잘 되지 않아 음식을 먹어도 잘 소화가 안 되고 속이 더부룩하고 불편하다. 여성들이 조이는 옷을 입고 순환이 잘 안 되어 아랫배가 아프거나 생리불순이 많이 오는데 이것도 림프의 흐름을 막는 것이 원인이 된다. 우리가 일상에서 흔하게 겪는 증상들은 림프순환이 잘 되지 않아 나타나는 것들이 많다.

또 림프순환이 안되면 쉽게 병에 걸리는 체질이 된다. 면역력이 떨어지기 때문이다. 병원체가 들어오면 면역세포가 모여서 작전회의를 하는 곳이 림프절이다. 림프가 막히면 병원체에 면역세포를 잘 보내지 못하므로 병원체의 공격을 그대로 받게 된다. 따라서 염증반응으로 인해 생기는 사이토카인 폭풍이 더 심해질 수 있다.

림프의 역할

림프계는 림프절과 림프관, 림프액과 골수, 비장, 편도선을 통틀어 부르는 용어다. 림프가 하는 첫 번째 역할은 혈관에서 다 배출하지 못한 노폐물들을 처리해주는 것이다. 이것을 림프순환이라고 한다. 림프순환을 통해 지방과 노폐물을 제거해주고 세균이나 바이러스를 해결해주기도 한다. 한마디로 온몸의 청소부 역할을 한다. 혈액이 순환을 통해 산소와 영양소를 공급해준다면 림프는 노폐물을 제거한다. 혈관을 통해 배출되기 어려운 살충제나 독성 부산물을 간으로 보낸다. 이후 간은 해독작용을 통해 노폐물을 몸 밖으로 내보낸다.

림프는 지방을 배달하는 일도 한다. 지방산과 지용성 비타민이 림프를 통해 이동한다. 이때 이동되는 것이 지용성 비타민인 비타민 A, D, E, K이다. 따라서 림프가 막히면 이들 영양소가 전달이 안 되므로 에너지와 기운이 떨어지는 것처럼 느껴진다.

혈관 사이사이에 있는 림프는 몸 전체 체액의 균형을 유지한다. 혈액이 산소와 영양소를 운반할 때 체액은 조직 속으로 스며든다. 림프계가 이 체액을 다시 모아 혈관계로 보내서 균형을 맞

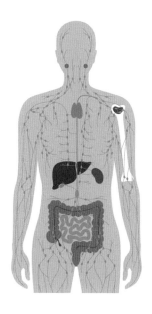

춘다. 부종이 생긴다는 것은 체액이 한쪽에 쌓여 있다는 뜻이다. 림프부종을 그대로 방치하면 염증과 암종으로 바뀔 수 있다.

인체에는 500개의 림프절이 있다. 림프절은 면역세포들의 집합공간이 된다. 몸에 있어서는 안 되는 세균이나 바이러스를 림프절 안에 있는 면역세포들이 담당해 처리한다. 이들 면역세포가 이동하는 통로가 림프관이다. 림프절에는 항체를 생산하는 B림프구, 면역을 조절하는 T림프구와 백혈구, 대식세포 같은 면역세포가 있다. 세균, 암세포나 바이러스, 손상된 세포를 림프관을 통해 림프절로 보낸다. 림프순환을 하면서 이들이 제거되는 것이다. 어느 날 목 주변 림프절이 부어 있는 경우를 발견한 경험들이 있을 것이다. 림프절과 면역세포가 열심히 병원체와 싸우느라 붓게 된 까닭이다. 림프가 부었다는 것은 몸에서 처리해야 할 노폐물과 병원체가 많다는 뜻이니 부었다고 무조건 약으로 가라 앉히려 하기보다 해독에 도움이 되는 식사나 운동을 하는 편이 더 낫다.

림프순환을 잘 시키는 방법

림프는 몸을 움직일 때 순환한다. 요즘은 너무 오랫동안 움직이지 않아 생기는 질병이 많다. 걷기만 해도 병의 90%는 낫는다는 말이 있을 정도로 움직임을 통해 림프순환만 잘 되도 질병의 절반 이상이 해결될 수 있다. 걷기 외에도 스트레칭이나 산책, 달리기, 수영 등으로 림프순환을 원활하게 할 수 있다. 림프가 움직일 수 있는 활동이 반드시 필요하고, 림프를 흐르지 못하게 하는 꽉 끼는 옷이나 벨트, 부츠를 착용하는 것은 좋지 않다.

외부에서 주는 자극인 림프마사지와 피부마사지도 도움이 된다. 마사지를 통해 온몸에 있는 림프절에 자극을 줄 수 있다. 림프마사지는 몸의 붓기를 빼주고 선을 아름답게 만들어주기도 한다. 순환이 잘 되어 노폐물이 배출되고 염증이 줄어든다. 복식호흡도 림프순환을 도울 수 있다. 이것은 마치 심장이 혈액순환의 펌프질이 되는 것처럼 횡격막이 림프순환의 펌프질을 하는 것이 된다. 깊은 호흡을 하면 횡격막이 움직여 림프를 심장의 펌프질 같은 작용으로 온몸에 보낸다.

림프순환에 도움이 되는 먹거리는 물과 수분과 과일과 야채이다. 수분이 부족하면 림프액이 저류되기 쉽다. 하루 7잔의 물을 마시는 습관은 림프순환을 잘 시켜주는 방법이 된다. 녹색채소 안에 있는 질산염은 체내에서 산화질소로 변해 림프의 흐름을 조절해준다. 과일 속의 폴리페놀과 같은 식물영양소도 산화질소를 생성시킨다. 산화질소 생성에 도움이 되는 것은 아미노산이며 견과류와 콩, 해조류의 식물성 단백질이 공급원이 될 수 있다.

📌 기억하자

1 알레르기는 림프가 원인일 수 있다.
2 림프는 노폐물을 내보내고 면역세포를 건강하게 한다.
3 림프순환을 잘 시키는 것은 혈액순환만큼이나 중요하다.

면역세포에 필요한
최고의 영양제

세포는 늘 만들어지고 있다

우리 몸에 있는 약 60조개의 세포는 늘 고정된 상태가 아니다. 매일 매 순간 만들어지고 사라지고 있다. 적혈구는 1초에 200만 개가 만들어지며 백혈구는 1초에 리터당 $11×10^9$개가 만들어진다. 위장상피세포는 5일에 걸쳐 새로운 세포로 분열된다. 그 과정에서 가끔 고장이 나기도 하는데, 그 세포가 바로 암세포이다. 세포 분열이 제일 왕성하게 일어날 때는 난자와 정자가 만나 아기로 성장하기까지의 과정이다. 이때 필요한 것은 엄마가 공급해주는 영양이다. 하나의 완벽한 개체로서 막 탄생하는 아기에게 공급해주는 영양소는 엄마의 생명 일부가 전달되는 것이다. 이렇듯 세포재생에는 필수적으로 영양이 필요하다. 세포가 그렇듯 면역세포가 분열하고 성장할 때에도 마찬가지다.

건강한 세포의 분열을 막는 물질이 있다. 활성산소이다. 활성산소는 산소의 부산물로 세균과 바이러스를 제거하는 긍정적인 역할도 하지만 과도하게 만들어질 때 세포막을 변형시키거나 혈관을 손상시키고 암세포를 만드는 부정적인 기능도 한다. 소화하고 대사하는 모든 과정에서 호흡은 필수인데, 이 과정에서 활성산소가 생겨난다. 활성산소는 과식, 과음, 과한 운동, 과산화지질, 대기오염, 약물대사와 화학물질의 유입, 이물질의 침입 등으로 인해 과다생성될 수 있다. 활성산소로부터 보호하기 위해 인체는 항산화시스템을 가지고 있다. 슈퍼옥시드 디스뮤타제Superoxide Dismutase, SOD, 카탈라아제Catalase, 글루타티온 페록시다제Glutathione Peroxidase, GP 이렇게 3가지 천연 항산화 방어시스템이 우리 몸을 지켜준다. 그럼에도 불구하고 병에 걸렸다는 것은 과한 활성산소로 인한 항산화시스템이 제대로 역할을 해내지 못했다는 의미이다. 누구나 활성산소가 쉽게 증가할 수 있다. 따라서 인체의 항산화시스템과 이를 돕기 위한 항산화영양성분이 많은 음식의 섭취가 절대적으로 필요하다. 항산화영양성분이 많은 음식은 과학자들이 연구한 바에 의하면 과일이고 그다음은 야채이다.

면역세포의 영양제 비타민과 미네랄

항산화작용을 하는 영양성분은 비타민과 미네랄이다. 특히 활성산소를 제거하는 기능을 하는 항산화 비타민과 미네랄은 항암과 항염작용으로 면역세포의 기능에 절대적으로 필요하다. 비타민 C와 E는 대표적인 면역비타민으로 유명하다. 암환자의 혈액에서는 이 두 비타민의 수치가 현저히 떨어져 있다는 보고가 있다. 반대로 혈액 내 비타민C를 주입했을 때 바이러스의 증식이 억제되었다는 결과가 있다. 비타민C는 피부결합조직인 콜라겐의 생성에도 관여하여 병원체가 침입하는 피부의 방어막을 견고하게 해주는 역할도 한다. 비타민E는 미성숙한 면역세포 T세포를 성숙한 세포로 분화시키는 기능을 한다. 비타민C는 혈액과 혈장의 활성산소를 중화하고 비타민E는 세포막 내에 있는 활성산소를 중화한다. 그 외에도 우리 몸에서 만들어지는 글루타티온과 알파리포산이 있다. 글루타티온은 세포 자체에 있는 활성산소를 제거해주고 알파리포산은 세포막과 혈장에 있는 활성산소를 제거하는 데 탁월하다. 흥미로운 점은 비타민C와 알파리포산은 비타민E와 글루타티온을 재생하는 능력이 있다는 것이다. 밝혀진 영양성분들은 상호작용을 하면서 몸에 있는 활성산소를 제거하는 노력을 펼치고 있다.

학계에서는 면역비타민으로 비타민D를 주목하고 있는데 이는 비타민D가 부족하면 코로나19 감염 위험이 높아진다는 연구 결과들이 나오고 있기 때문이다. 이스라엘 바르일란Bar-Ilan 의과대학과 갈릴리 메디컬센터GMC의 연구팀은 비타민D 결핍으로 진단받은 사람이 정상수치를 가진 사람과 비교해 코로나19 위중증으로 악화될 위험이 14배나 높다고 발표했다. 비타민D가 면역세포와 직접적인 연관성으로 림프구의 활성화 및 증식과 보조 T세포의 분화와 관련된 역할을 한다. 비타민D 결핍 시 감기나 비만, 당뇨 등 다양한 질환에도 쉽게 걸릴 수 있다. 약품으로 섭취하기보다 햇빛을 통해서 충분히 잘 합성이 되므로 자연과 함께 어우러지는 생활을 하는 것이 좋다.

항산화미네랄도 중요하다. 셀레늄, 아연, 구리, 망간, 붕소 등의 항산화미네랄은 2단계 면역전략인 선천면역과 후천면역시스템에 둘 다 도움이 되는 것으로 알려져 있다. 면역미네랄로 셀레늄과 아연의 활동이 독보적이다. 셀레늄은 세계보건기구에서 지정한 필수영양소 중 하나로, 강력한 항산화작용을 통해 면역과 해독작용에 활발한 도움을 준다. 셀레늄이 부족하면 바이러스 활동이 강해진다. 셀레늄은 똑똑한 청소부인 대식세포의 활동을 강력하게 만들어주는 항암영양소로 유명하다. 면역미네랄로 유명한 아연도 바이러스의 증식을 억제하고 면역세포가 잘 성장하고 분화할 수 있도록 돕는다. 구리와 망간도 셀레늄이나 아연과 함께 항산화작용의 화학반응을 도와 산화 스트레스를 줄인다.

그 밖에도 비타민B군과 엽산 등의 역할도 항산화작용과 관련된 효소과정에서 매우 중요한 기능을 한다. 지금까지 밝혀진 비타민과 미네랄은 면역세포를 성장시키고 서로 돕는 작용을 한다. 아직 다 밝혀지지 미량영양소들도 면역세포에 미치는 영향이 많을 것으로 추정된다. 면역미네랄인 셀레늄은 참치, 새우, 도미 같은 해산물과 견과류에 풍부하고 아연은 대두나 현미, 귀리, 청경채, 호박씨나 아몬드에 많이 함유되어 있다. 영양소 성분으로 설명할 수밖에 없었지만 음식 그 자체로 섭취하는 것을 권한다. 알지 못하는 미량영양소들이 면역세포에 더 큰 상호작용을 할 것이기 때문이다.

면역세포를 강화시키는 식물영양소

식물은 면역력에 관련된 영양소가 가득해 과학자들에게 지속적인 연구대상이 되고 있다. 식물은 6천 가지가 넘는 플라보노이드와 600가지가 넘는 카로티노이드를 만들어내는 것으로 알려져 있다. 이런 성분을 식물영양소Phytochemical라고 한다. 식물영양소는 식물의 다양한 색을 가진 성분으로 식물에게 해충과 세균의 위험으로부터 막아준다. 사람에게는 활성산소를 막는 항산화제가 된다. 이는 항염, 항암 성분으로 면역세포에게 힘을 주고 병원체를 잘 처리하도록 돕는다. 레몬과 오렌지, 자몽의 노란색 색소, 사과의 빨간색, 포도의 보라색 등 다양한 색을 내는 과일과 채소에 풍부하다. 블루베리, 크랜베리, 빌베리, 블랙베리, 바나나와 딸기, 다양한 감귤류에도 있다. 사과의 퀘르세틴, 포도의 레스베라트롤, 토마토의 리코펜, 키위의 루테인은 활성산소를 제거하고 면역력을 높여준다. 이는 바이러스의 증식을 억제하고 암세포의 성장을 막아주는 특징을 가지고 있다.

과학자들은 이러한 식물영양소가 바이러스에 어떤 영향을 미치는지에 큰 관심을 가지고 있다. 캔사스주립대학교 연구팀이 학술지인 〈미생물학 프론티어Frontiers in Microbiology〉에서 포도의 레스베라트롤이 바이러스의 증식을 멈추게 한 결과를 보고했다. 인체세포에 백시니아 바이러스Vaccinia Virus와 폭스 바이러스를 감염시킨 후 레스베라트롤을 테스트했을 때 바이러스의 DNA 합성을 억제하여 바이러스가 증식이 멈췄다는 것을 확인했다. 비타민 D, B12, 엽산은 면역세포인 대식세포와 T세포의 기능을 활성화하여 면역반응을 활성화하는 것으로 보고되었다. 엽산은 과일과 채소, 통곡물을 통해서 섭취할 수 있다.

미국의 '프레드 허친슨 암연구센터Fred Hutchinson Cancer Research Center'의 존 포터John Porter 박사는 채소와 과일은 항암 성분을 포함하고 있어서 그것을 버리는 것은 우리의 목숨을 거는 행위라고 했다. 제약회사와 식품회사에서는 항암 성분인 식물영양소를 추출하여 영양제로 판매하고 있다. 과일을 직접적으로 먹는 것보다 마치 더 농도 높은 영양소를 섭취할 수 있는 것으로 광고해 큰 수익을 올리고 있지만 추출한 단일성분보다 과일과 야채를 통째로 먹는 것이 더 좋다는 연구결과가 나왔다. 전립선종양이 있는 쥐에게 토마토의 리코펜만 먹였을 때는 종양의 무게가 감소하지

않았지만 통으로 토마토를 먹이면 34%까지 줄어든다는 보고가 있다. 브로콜리를 먹였을 때도 전립선종양의 무게가 42% 줄어들었다.

결론적으로 면역에 중요한 식물영양소는 과일과 야채 중심의 식사를 통해서만 공급된다. 우리가 주로 먹고 있는 쌀밥과 빵, 면류와 고기만 먹으면 결핍되기 쉽다. 과일과 야채의 결핍이 질병을 가져온다. 과일과 야채의 영양성분을 영양제로 추출해서 먹기보다 이 성분이 많이 들어 있는 음식 자체를 먹는 것이 더 중요하다.

- **플라보노이드** 플라보노이드는 약 6천 종이 있다. 안토시아닌, 플라본, 플라보놀, 이소플라본 등에 있는 다양한 종류의 색소들이 플라보노이드에 포함된다. 플라보노이드는 주로 적포도주 블루베리, 감귤류 등에 있으며 종자의 발아와 성장조절 자외선을 흡수하여 내부조직보호, 활성산소 제거, 항알레르기 작용, 세포막 강화, 세포활동 촉진, 항혈압 상승작용, 항균, 항바이러스, 충치예방, 항알레르기 등 다양한 작용을 한다. 특히 간기능을 강화하고 지방간과 간염을 예방하는 작용이 주목받고 있다.

- **카로티노이드** 카로티노이드는 식물에서 광합성 과정에 사용하는 보조 색소로서, 현재 600여 종 이상의 카로티노이드가 있다. 루테인(Lutein), 베타카로틴(β-carotene), 비올라크산틴(Violaxanthin), 네오크산틴(Neoxanthin) 순으로 엽록체의 구조 형성과 안정성 유지에 기여하며, 곤충과 동물의 유인제 역할과 종자 번식을 위한 역할을 한다. 동물에서는 표피 및 근육 색을 띠게 하는 역할과 조직성장, 분화 조절 물질, 주요 시각 색소, 비타민A 전구물질로서의 역할을 한다. 베타카로틴, 루테인, 아스타잔틴(Astaxanthin), 리코펜(Lycopene), 제아크산틴(Zeaxanthin) 등이 있으며 유해산소를 억제함으로 노화, 암예방, 면역력 향상, 만성질환 예방에 효과가 있다.

▼ 기억하자

1 세포는 늘 만들어지고 있다.
2 항산화영양소는 면역세포의 재생과 성장과 활동을 돕는다.
3 과일과 야채의 성분이 면역력을 상승시킨다.

코와 소화기
점막건강을 살려라

점막이 우리를 지켜준다

우리 몸을 외부로 둘러싼 곳을 피부, 내부적으로 둘러싼 부분을 점막이라고 한다. 질병과 관련하여 늘 전쟁이 일어나는 곳은 호흡기점막과 소화기점막 두 곳이다. 호흡을 통해 들어오는 이물질에 대한 면역은 코에서 시작한다. 코호흡을 통해 산소를 마시고 이산화탄소를 내뱉는다. 코가 한 번 숨을 마실 때 들어오는 이물질은 20만 가지에 해당한다고 한다. 이렇게 무수히 많은 병원체와 이물질을 걸러내는 것은 코의 점액과 코털이다. 코의 점액은 이물질을 씻어내는 세척작용을 하며 면역을 위한 다양한 성분으로 구성되어 있다. 수분과 염분, 당단백질, 뮤신, 비만세포, 호산구, 항체, 리소좀 등이다. 다양한 이물질과 점액이 모여서 만드

는 것이 코딱지이다. 따라서 코딱지는 우리 몸을 지켜내는 방어의 결과물이라고 할 수 있다. 코 안 점막에서 나가야 할 노폐물이 배출이 안 되면 정체되어 염증성 질환으로 악화된다. 알레르기성 비염, 급성 만성비염 등이 이에 해당한다. 바이러스도 점막이 건강하지 않을수록 쉽게 침투하게 된다.

소화기점막과 관련하여 생기는 문제성 질환은 장누수증후군이다. 장누수증후군은 장점막의 결합이 느슨해져서 내용물이 누수되어 흘러나오는 질환이다. 원인을 찾기 어려운 아토피, 건선, 성인여드름, 설사, 복부팽만, 생리통, 수면장애와 우울증 등 아주 다양한 증상들의 원인이 장누수에서 오기도 한다. 소장점막 안에는 수많은 융모와 융모 안쪽에 림프절이 촘촘히 박혀 있어서 이물질이 침투하지 못하도록 방어한다. 소장융모를 다 펼치면 테니스 코트 4개의 면적으로 어마어마한 공간이 생긴다. 이렇게 무수히 넓은 공간에 면역과 함께 영양을 흡수하는 일을 소장이 하고 있다. 그런데 장점막이 튼튼하지 않고 느슨해져서 장 내용물이 새는 '장누수증후군'이 최근 심각한 질환으로 대두되고 있다. 장점막은 유해물질이나 다양한 이유들로 약해져 틈이 생긴다. 이 틈을 타고 음식 속의 유해물질이나 미생물이 들어와 염증반응을 일으킨다. 염증은 다양한 알레르기 질환과 자가면역질환, 크론병이나 궤양성대장염 등의 원인이 된다. 또한 장누수증후군이 있는 아이들은 키가 잘 자라지 않는다.

장누수증후군의 원인으로는 항생제와 소염제 약물 남용, 술과 카페인, 탄산음료, 글루텐 섭취 등이 있다. 유해물질의 자극을 계속 받은 장은 약해져 느슨해지고 틈이 생긴다. 틈이 생기지 않도록 장건강 관리를 해야 다양한 질환들이 예방된다.

좋은 환경에서 점막세포는 빠르게 재생한다

세포재생은 우리에게 희망이 된다. 위와 장의 상피세포는 5일 만에 새로운 세포로 재생된다. 3개월이면 점막 안쪽도 상당히 많이 바뀌게 된다. 이렇게 내 몸의 세포가 계속 바뀐다는 지식을 가지고 있으면 몸에 좋은 것을 공급해주어서 건강을 회복할 수 있다는 믿음이 생긴다.

면역을 위해 가장 좋은 치료는 세포재생에 도움이 되는 영양소이다. 비타민U로 알려진 양배추즙의 성분은 특히 위점막재

생에 도움이 된다. 양배추와 브로콜리 같은 십자화과채소에는 설포라판이라는 성분이 있어 세포재생을 돕는다. 글루타민은 장점막을 탄탄하게 만들어주는 아미노산으로 위장이 움직이는 데 필요한 에너지로 사용된다. 소장융모가 손상되었을 때도 복구하는 기능을 한다. 세균이나 바이러스를 처리하는 림프구를 증식시키기도 한다. 바이러스를 처리하는 단백질인 인터페론을 생산할 때에도 필요하다. 장점막뿐 아니라 면역세포에도 직접적으로 에너지를 공급해준다. 또 글루타민은 항산화물질인 글루타치온이 많이 생성되게 하는 원료가 되는 아미노산이기도 하다. 글루타민은 브로콜리, 양배추, 호두, 시금치 등에 많이 함유되어 있다.

세포막을 건강하게 만드는 영양소는 오메가3 지방산이다. 세포막은 이중지질막으로 필수지방산이 반드시 필요하다. 오메가3 지방산과 오메가6 지방산의 비율은 염증에 직접적으로 영향을 미친다. 이 비율은 1:1~1:4를 넘기지 않는 것이 좋다. 아토피나 자가면역질환을 앓는 사람들의 비율은 1:20 정도로 심각하게 깨져 있다. 오메가3 지방산은 염증을 조절하고 궤양성 대장염 같은 염증성 장질환에 도움이 된다. 길게 보면 용종이나 암도 예방할 수 있는 성분이다. 영국 리즈대학교의 마크 헐Mark Hull 박사 연구팀에서는 용종제거 수술을 받은 그룹에 오메가3 지방산을 보충했다. 대조군으로 오메가3 지방산을 보충하지 않은 그룹보다 용종의 수가 10~12% 더 적었다.

점막재생에 필요한 미네랄로는 아연이 있다. 아연은 우리 몸의 대사활동에 필요한 효소들을 만드는데 꼭 필요한 성분이다. 또 아연은 면역세포인 T세포가 증식하는데 도움을 준다. 사이토카인이 많이 분비될 때 아연이 조절해주기도 한다. 아연은 곡물의 배아나 외피에 있다. 그래서 정제된 쌀이나 밀 대신 현미나 통밀 같은 통곡식을 먹으면 아연을 섭취할 수 있다.

한약재로 알려진 감초도 도움이 된다. 감초는 약방의 감초라는 말처럼 한의학에서 매우 중요한 성분이다. 기원전 400년 경 고대 의성 히포크라테스도 감초를 사용했다. 감초의 글라브리딘Glabridin이라는 성분이 위궤양과 염증을 억제하고 암세포 증식을 막는다. 감초의 이소리퀴리티제닌Isoliquiritigenin과 나린제닌Naringenin은 조절 T세포를 돕는다. 트리터페노이드Triterpenoids는 항바이러스 기능이 강한 것으로 알려져 있다.

1 점막이 우리를 지켜준다.

2 좋은 환경에서 점막세포는 빠르게 재생한다.

3 점막재생에는 양배추, 브로콜리, 견과류와 통곡식이 좋다.

장마이크로바이옴과 프로바이오틱스

미생물과 함께 사는 우리

미생물은 모든 생명체가 살아가도록 돕는 보이지 않는 조력자이다. 만약 미생물이 이 세상에서 사라진다면 소나 양, 사슴 같은 초식동물은 굶어 죽을 것이다. 다양한 곤충과 바다생명체와 조류도 마찬가지다. 사람이 동물을 가축화할 수도 없으며 사람이 사는 공간은 노폐물로 가득 차게 될 것이다. 미생물학자 에드 용은 미생물이 사라지면 먹이사슬이 붕괴되고 사람이 사는 세상은 1년 만에 사라질 것으로 예측한다.

사람은 세포수보다 더 많은 미생물과 사람유전자보다 500배 넘는 미생물 유전자로 이루어진 미생물 범벅 상태에서 살아간다. 그러므로 심장과 뇌와 혈관 건강을 신경 쓰는 만큼 미생물의 건강한 생태계를 신경 써야 한다. 미생물은 생명을 유지하기 위해 먹는 음식의 소화와 영양소의 합성과 대사를 돕고 이물질을 처리하는 면역세포의 방어능력을 키워주는 일을 한다.

장마이크로바이옴의 영양제 식이섬유

세계보건기구는 식이섬유를 6대 영양소로 추가하며 하루 400g의 과일과 야채를 먹고 25g의 식이섬유를 보충하라고 권고했다. 식이섬유는 심장병과 관절염, 제2형 당뇨병을 감소시키고 사망률을 30%나 줄인다.

식이섬유가 없으면 미생물의 면역능력에 문제가 생긴다. 식이섬유는 장내미생물의 먹이가 된다. 장내미생물은 유익균과 유해균, 중간균으로 나뉘어져 있다. 우리는 고기나 빵을 지나치게 먹었을 때 장에서 가스가 차거나 독한 방귀 냄새가 나는 것을 경험해본 적이 있다. 고기나 빵을 먹고 유해한 미생물이 크게 증가했기 때문이다. 과일이나 식이섬유를 먹으면 비교적 속이 편안하고 부변(물에 뜨는 완전소화된 변)을 보기도 한다.

식이섬유는 물에 녹는 수용성 식이섬유와 불용성 식이섬유로 나뉜다. 수용성 식이섬유는 과일의 펙틴이나 해조류의 알긴산이다. 물을 흡수하여 부피를 늘리고 장내미생물의 먹이가 된다. 불용성 식이섬유는 현미나 콩의 껍질에 들어 있다. 불용성 식이섬유는 거칠어 장점막을 자극하기도 하니 장점막이 약한 사람에게는 통곡식 식사가 좋은 것만은 아닐 수 있어 과일 속 식이섬유가 더 적합하다.

장건강에 단쇄지방산이 필요하다

미생물이 섬유질을 분해하면 단쇄지방산Short-Chain Fatty Acid : SCFA이라는 물질이 생긴다. 단쇄지방산의 종류는 아세트산, 프로피온산, 뷰트릭산이다. 지방산은 에너지를 저장하는 도구지만 단쇄지방산은 기능을 하는 물질이다. 간에서 콜레스테롤을 조절하고 면역을 조절한다. 비만과도 연관성이 있다. 체내 지방축적을 막는 신호를 보내고 두뇌의 신경세포와 교감신경을 활성화하여 에너지 대사를 촉진시킨다.

단쇄지방산은 면역과 관련되어 있다. 대장상피세포의 주요 영양소로 점막을 건강하게 만드는 물질이다. 단쇄지방산이 면역기능을 조절하는 이유는 체내 모든 점막과 지질막의 구성분이 되기 때문이다. 인체 내부는 입에서부터 시작해서 기관지·호흡기점막, 소화기점막 등 다양한 점막으로 이루어져 있다. 점막 아래에는 단쇄지방산이 골고루 분포함으로써 점막 건강을 지켜준다.

단쇄지방산은 면역력 증가뿐만 아니라 비만에도 도움이 된다. 한국의과학연구원의 자료에 따르면 비만인 사람일수록 장내에 유해균인 퍼미큐티스가 많고 날씬할수록 유익균인 박테로이데테스가 많이 발견된다. 유익균인 박테로이데테스는 단쇄지방산을 만들어 대장에서 일부는 간으로, 일부는 혈액으로 들어가 전신에 퍼지며 지방세포에 보낸다. 지방세포에서는 단쇄지방산을 감지하는 일종의 '센서'가 존재해 단쇄지방산이 들어오면 더 이상 지방을 받아들이지 않아 지방이 쌓이는 것을 방지한다. 또한 단쇄지방산은 인슐린을 떨어뜨려 전신의 세포에게 '충분히 영향을 섭취했으니 더 이상 먹지 않아도 된다'는 신호를 주어 폭식을 막는다.

📌 **기억하자**

1 장마이크로바이옴이 면역세포를 키운다.
2 장마이크로바이옴의 영양제는 식이섬유이다.
3 장건강에는 단쇄지방산이 필요하다.

뇌 스위치를 켜면
암도 낫는다

스트레스가 DNA를 바꾼다

병원에 가서 자주 듣는 단어 중 하나는 '스트레스성'이라는 말이다. 국제암연구기관과 세계보건기구에서는 암 발생률의 80%는 유전자가 아닌 생활습관이 원인이라고 했다. 생물학자 브루스 립튼Bruce Lipton 박사는 질병의 98%가 생각에서 온다고 하며 2%만이 유전자 질병에 해당된다고 했다. 대부분 가족력으로 알고 있는 암이나 심혈관질환도 마찬가지다. W. C. 월렛은 암과 심혈관질환 환자의 5%만이 유전적 요인이라고 말했다. 또한 일본 의사 신야 히로미의 연구에 의하면 일란성 쌍둥이가 같은 병에 걸릴 확률은 겨우 2%라고 한다. 질병에 걸리는 일은 더 이상 운명적인 일이 아니다. 질병의 원인은 부정적인 생각이다. 우리 몸은

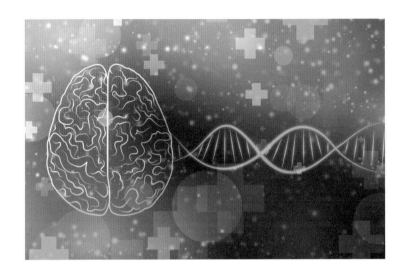

뇌의 지배를 받지만 뇌를 지배하는 것은 생각이다. 생각이 병이 된다는 것이 과학으로 밝혀지고 있다. 양자물리학, 뇌신경가소성, 후성유전학과 양자제논효과가 이것을 증명해준다.

분노와 배신감 등의 부정적인 감정은 DNA를 바꾸어 잘못된 단백질을 만들게 한다. 우리 몸에 필요한 단백질은 DNA의 염기 서열대로 만들어진다. 좋은 환경을 만들면 좋은 단백질이 만들어지고 나쁜 환경을 만들면 나쁜 단백질이 만들어진다. 이것이 후성유전학이다.

반면 행복한 감정을 느끼면 면역력이 올라간다. 마이애미 대학교의 심리학과 정신병리학 교수로 재직 중인 게일 아이언슨 박사는 행복한 감정을 품은 HIV 환자들은 부정적인 환자들보다 면역력이 30만 배나 더 올라갔다는 연구결과를 발표했다. 사랑받지 못한다고 생각하는 사람들은 스트레스 수치가 높아 면역세포가 3배나 더 빠르게 손실되고 감염이 3배 빨라진다고 한다.

뇌는 자꾸 변한다는 뇌신경가소성

어떤 생각을 하느냐에 따라 몸이 변한다. 긍정적인 생각을 하면 손상된 뇌세포도 살아난다. 이것이 뇌신경가소성이다. 뇌가 어떤 생각을 선택했느냐에 따라 뇌 조형Brain Archetecture이 바뀐다. 노벨상을 수상한 신경 정신의학박사 에릭 캔델은 우리 마음속 생각이 유전자를 활발하게 하고 뇌의 뉴런 구조를 변형시킨다고 했다. 생각이 유전자를 활성화시켜 그 이후에 이루어지는 분자단계, 세포 구성단계, 신경화학단계 등의 생체반응에 모두 영향을 미치고, 유전자는 단지 잠재력을 가진 것일 뿐 운명을 결정하지 않는다고 주장한다.

생각이 단백질을 만드는데 관여하는 크렙CREB유전자가 있다. 이 유전자가 뇌의 스위치를 켠다. cAMP 반응요소 결합단백으로 기억에 필요한 단백질을 생성해주는 유전자이다. 어떤 정보가 전두엽에 도착되어 크렙 유전자를 켜 단백질을 만들어낸다. 이때 정보를 전달하는 신호가 바로 '생각'이다. 생각이 전자기적, 화학적 신호의 형태로 전두엽에 전달되는 것이다. 우리가 긴장된 상태에서 배가 아프다거나 두통이 생기는 것 등도 같은 원리로 발생한 것이다.

신경가소성은 외상후 스트레스장애가 지속적으로 고통을 주는 이유도 설명해준다. 충격적인 사건을 경험한 상태의 감정과 생각이 뇌에 지속적인 자극을 주어 뇌의 구조가 변형된다. 현재 얻은 행복과 건강, 불행과 질병까지 무엇이든 나의 선택의 결과라는 것이 신경가소성이다.

행복과 건강을 선택하면 뇌는 선택한 대로 변한다. 뇌가 손상된 비행기 조종사도 뇌훈련을 통해 뇌세포가 재생되어 새로운 직업을 가질 수 있었다. 교통사고로 외상성 뇌손상이 된 젊은 청년도 뇌훈련으로 뇌세포가 살아나 4개의 분야에서 학위를 딸 수 있었다. 무엇을 생각하고 선택하느냐에 따라 우리 뇌구조는 바뀐다.

과학이 주는 희망, 양자제논효과

매 순간 우리는 선택을 한다. 우울하고 힘든 일이 생기면 그 일에 빠져들어서 헤어 나오지 못할 때가 있다. 이런 일들은 누구나 겪는다. 하지만 한참 시간이 지나도 그렇게 지낸다면 그 상태를 '선택'했기 때문이다. 내가 앞으로 어떤 사람이 되고 어떤 삶을 살지 선택하는 것은 내 몫이다. 건강을 선택한 사람은 건강한 생각과 음식, 운동 등에 대해 생각할 것이다. '아파도 괜찮아, 아프면 약 먹으면 되지, 병원가면 되지 뭐.' 이런 생각을 선택한 사람은 약을 의지하는 상황이 오게 마련이다.

우리가 집중하고 몰입한 것에 따라 뇌가 바뀌고 결과가 달라

지는 것은 양자제논효과이다. 양자제논효과Quantum Zeno Effect, QZE는 반복된 학습이 변화를 가져오는 원리이다. 양자물리학에서는 생각과 선택, 집중과 몰입이 매우 중요하다. 우리 뇌는 긍정적으로 생각하고 학습하면 그렇게 변한다는 희망을 준다. 자전거를 처음부터 잘 탔던 사람은 없을 것이다. 몇 번 넘어지고 일어서고를 반복하다보면 어느새 넘어지지 않고 잘 탈 수 있게 된다. 한 번 익혀놓으면 5년, 10년 후에도 탈 수 있다. 몸이 기억하고 있기 때문이다. 스탠포드대학교의 심리학자 캐롤 드웩 박사는 지능도 성장할 수 있다고 믿은 학생들은 실제로 성적이 올랐고, 지능은 고정되어 있다고 믿은 학생들은 성적이 떨어졌다고 전한다. 지능은 고정된 것이 아니라 끊임없이 개발된다.

어떤 생각을 선택했느냐에 따라 단백질이 신경에 작용하는 결과가 달라진다. 프리온은 광우병의 원인인 해로운 단백질로 알려졌으나, 정상 프리온은 뇌신경을 보호하여 장기기억을 더 높여준다고 연구되었다. 2010년 영국 유니버시티칼리지의 신경학 연구팀이 정상의 프리온 단백질이 '수초Myelin Sheath'를 건강한 상태로 유지하는 어떤 역할을 한다고 〈네이처 뉴로사이언스Nature Neuroscience〉에 보고했고, 뇌 발달과정에서도 중요한 역할을 한다고 〈저널 오브 뉴로사이언스Journal of Neuroscience〉의 한 논문에서 밝혀냈다.

따라서 긍정적인 생각을 선택하고 부정적인 생각을 버리는 훈련이 필요하다. 《뇌의 스위치를 켜라》에서는 21일 두뇌해독플랜을 통해 많은 사람들이 뇌를 회복하고 삶을 회복한 사례가 나온다. 뇌해독은 크게 3단계를 거친다. '발견-수용-변화'이다. 먼저 내 감정을 발견하고, 그럴 수밖에 없었던 나를 수용하고 왜곡된 잘못된 생각은 긍정적인 생각으로 바꿔줘야 한다. 예를 들면 '내가 나 스스로를 못났다고 생각하고 있구나. 그래서 의기소침했었구나'라고 객관화한 후 '아니야 난 할 수 있어. 나는 해낼 수 있어. 하면 된다'라는 긍정적인 생각으로 자꾸 바꿔주는 것이다. 한 가지 생각을 21일 동안 반복하면 무의식 속에서 새로운 생각들이 자라난다.

4장

700% 면역력이 올라가는
면역 밥상

최강 면역
기본 밥상

살아있는 음식의 중심은 과일이다

농경생활인보다 수렵채집생활인이 더 건강했던 이유는 음식의 차이에 있었다. 수렵채집인은 자연에서 온 과일과 열매 위주의 음식을 먹었다. 과일은 침팬지 같은 유인원의 주식이다. 유인원은 사람과 유전적으로 99.6% 일치한다. 해부학적 구조와 기능도 거의 비슷하다. 영장류는 과일을 주식으로 하고 가끔 채소와 곤충을 먹는다. 존스홉킨스대학교의 인류학자 앨런 워커도 1천 200만 년 전 인류의 주식은 과일이었음을 이야기한다.

과일은 영양학적 성분으로 봐도 완벽하다. 탄수화물, 단백질, 지방, 비타민, 미네랄, 식이섬유, 효소, 항산화영양소와 수분까지 9대 영양소로 이루어져 있다. 과일을 주식으로 먹으면 영양소

가 결핍되기 어렵다. 정제한 쌀을 주식으로 먹는 사람들은 결핍되기 쉬운 영양소가 이 안에 다 담겨 있기 때문이다. 나무에 달려 있는 열매는 햇빛과 비와 공기와 흙이 시간을 들여 만들어낸 완벽한 작품이다. 사과는 사과대로, 포도는 포도대로 열매들은 각각의 완벽함을 가지고 있다. 이해를 위해 영양학에서 밝힌 비타민과 미네랄의 효능을 설명했지만 과학이 밝혀내지 못한 무수히 많은 영양소가 우리 몸속에서 얼마나 위대한 일을 하고 있는지 잘 알지 못한다.

과일은 사람이 소화하기 가장 쉬운 음식이다. 몸에서 완전히 연소되어 부변(물에 뜨는 변)으로 소화 가능하다. 반면 하루 세끼를 곡물 중심으로 먹으면 부변이 쉽지 않다. 현미채식을 할 경우 아주 천천히 그리고 소식을 해야 부변이 가능하다. 곡물을 주로 먹는 새는 식도의 맨 끝에 있는 모이주머니 안에 녹말 형태의 탄수화물을 분해하는 강력한 소화효소를 가지고 있다. 사람은 침샘과 췌장에서 아밀라아제가 분비된다. 하루 한 끼 정도의 곡물 식사는 큰 무리가 없지만 삼시 세끼 쌀밥 위주로 먹으면 소화효소를 만드는 췌장에 무리가 간다.

수렵채집인이 사는 지역에 따라 다른 에너지원을 이용했을 거라는 연구도 있다. 북극지방에 사는 사람들은 칼로리의 50%를 지방에서 얻고 약 20%를 육류의 글리코겐을 통해 탄수화물을 얻었다는 설이 그것이다. 지방에서 얻은 에너지는 당이 아닌 케톤형태로 뇌와 심장과 근육에서 사용한다. 인체는 당대사와 케톤대사를 상황에 맞게 할 수 있는데 당대사와 케톤대사에 대한 내용은 필자의 저서《아침 과일 습관》(샘터사, 2020)에 자세히 담았다.

병에 안 걸리는 면역 밥상

달콤함에 끌리는 것은 사람의 본능이다. 인체는 당에너지원을 제일 먼저 사용하기 때문에 달콤한 것을 좋아하는 것은 생존을 위한 입맛이지 억제해야 할 것이 아니다. 매일 달콤하고 배부른 식사를 하면서도 면역력을 올릴 수 있다. 달콤하면서도 에너지원이 되는 과일은 한 끼 식사로 매우 뛰어나다. 하루 한 끼 이상의 과일 식사를 하면 몸에 이로운 점이 많다. 특히 아침은 몸이 해독하는 배출의 주기로 수분 위주의 식사가 좋다. 과일은 수분이 90%를 차지하여 칼로리가 낮고 영양이 풍부하여 독소를 빠르게 해독한다. 만약 면역력을 빠르게 향상시키고 독소를 배출하고 싶다면 하루 두 끼의 과일 식사를 추천한다. 하루 1kg의 과일을 먹으면 매우 쾌적한 컨디션이 될 것이다.

또한 암환자에게 가장 좋은 면역음식은 사과의 당근이다. 그 이유는 카로티노이드가 강력한 항산화작용을 하기 때문이다. 카로티노이드는 토마토와 당근, 고구마, 수박, 오렌지색 열매, 녹색 잎에 포함되어 있다. 토마토의 리코펜은 전립선암 예방에 좋다고 알려져 있고 포도와 레드와인의 레스베라트롤도 항암과 항염 기능에 좋다. 또한 레스베라트롤은 모세혈관의 투과성을 올려주는 효과도 있어 심혈관기능을 걱정하는 사람들에게 약과 같은 식품이 될 수 있다. 설포라판은 브로콜리 같은 십자화과 채소에 있는 성분으로 면역증강효과가 있다. 설포라판은 점막재생에도 좋은 영양소로 알려져 있어 위장점막이 약하고 면역력이 떨어지는 사람에게 좋은 영양식품이 될 수 있다. 설포라판의 NrF2(인체 내의 모든 항산화 체계-해독 시스템)는 염증의 스위치를 끄는 유전자를 통제하는 단백질로 알려져 있다. 이러한 식물영양소는 2만 5천 가지가 넘는다.

기본 면역 식단으로 시작하라

마음먹고 몸을 깨끗하게 리셋하고 싶다면 3~5일 정도 과일 식사를 하는 것을 추천한다. 다음 페이지에 기본 면역 밥상 식단이 있다. 감기나 바이러스질환으로 입맛이 없다면 죽을 먹지 말고 과일을 먹는 것이 좋다. 소화에 에너지를 사용하지 않음으로 빠르

실천편 면역력, 이렇게 높이자!

게 회복이 된다. 필자가 코로나19에 감염되었을 때 하루 물 2L와 한라봉, 천혜향, 오렌지와 파인애플 같은 신맛 과일 1kg 정도를 먹었다. 죽의 영양소보다 과일의 영양소가 훨씬 면역세포들에게 에너지를 준다.

기본 면역 식단

	식사 구성	효과
아침	딸기 200g, 사과 1개(300g)	디톡스, 변비해결, 혈관건강
점심	현미 + 쌈채소, 다시마(해조류)	포만감, 붓기 개선
저녁	딸기 300g, 바나나 2개, 오렌지 1개	디톡스, 위점막 강화, 혈관건강

혈액과 피부가
맑아지는 밥상

혈액과 피부를 맑게 한다

과일 중심의 식사를 하면 혈액과 피부가 빠르게 맑아진다. 순환이 잘 되므로 생리불순과 생리통이 해결되고 호르몬의 균형이 잡힌다. 독소가 빠져나가면서 화장을 하지 않아도 얼굴에서 빛이 나기 시작한다. 여성들은 3일만 실천해봐도 평소보다 화장이 잘 받는다는 것을 느낀다. 아마 사람들에게 화장품을 무엇으로 바꿨는지 질문을 받는 일이 일어날 것이다. 비싼 명품 화장품을 바르는 것보다 먹는 화장품이 더 효과가 빠르다는 것을 경험하게 된다. 이는 과일의 식물영양소와 식이섬유가 함께 간과 장을 클렌징해주는 효과가 있기 때문이다.

혈액과 피부가 근본적으로 개선이 되는 이유는 건강한 세포재생에 있다. 피부 상피세포의 재생 주기는 5일이다. 진피층까지 바뀌려면 28일 정도가 걸린다. 몸 전체는 약 1년이 걸리고 뼈까지 새로운 세포로 재생이 되려면 약 2년 정도가 걸린다. 아무리 성인이라도 엄마의 배 속에 있는 아기처럼 죽을 때까지 세포분열이 일어난다. 머리카락이나 손톱이 계속 자라나는 것도 세포분열의 결과이다. 건강한 세포분열은 내가 먹은 음식으로 이루어진다. 인이 많이 함유된 가공식품을 먹으면 점점 뼈가 약해지고 각종 질병에 노출되기 쉽다. 임산부가 아기를 위해 음식을 조심하듯 사람은 누구나 내 몸으로 들어갈 음식을 함부로 선택해선 안 된다.

간의 건강상태도 피부의 결과 색에 영향을 미친다. 각종 첨가물이 든 음식을 먹으면 미처 간이 다 해독하지 못하고 피부로 표출한다. 각종 알레르기나 두드러기가 생기는 이유다. 없던 알레르기가 나이를 먹으면서 생기기도 하고 배달음식을 먹다가 두드러기가 생기는 경우도 있다. 간건강에 꼭 필요한 영양소는 유해한 물질을 해독하는데 도움이 되는 항산화영양소이다. 과일에 많이 함유된 식물영양소가 간세포를 건강하게 재생해준다. 생명이 담긴 자연의 음식은 간의 건강을 최상으로 만든다.

혈관건강 과일 밥상

모세혈관까지 건강하게 만드는 과일의 성분은 비타민C와 레스베라트롤 같은 항산화영양소이다. 비타민C는 혈관과 피부와 점막 같은 모든 결합조직을 탄력 있게 해준다. 레스베라트롤은 모세혈관의 점막투과성을 높여 혈관의 건강과 혈액순환에도 도움을 주고, 장수유전자 시르투인을 활성화시켜 노화와 만성염증에도 큰 도움이 된다. 이 성분은 포도의 껍질과 씨에 많다. 와인을 마시는 프랑스인이 먹는 것에 비해 심혈관질환에 강한 것도 이 성분때문이다. 그렇다고 맛없는 껍질과 씨만 골라 먹을 필요는 없다. 포도 자체를 많이 먹는 것이 중요하다. 식후과일이 아니라 식사과일로 한 끼에 500g~1kg 정도 포도 식사를 하는 것이다.

《동의보감》에서 포도는 기력을 보해주는 약재로 사용할 정도로 영양이 풍부한 과일이다. 여름철 기력이 허할 때 에너지를 보충해주고 몸의 독소배출을 활발하게 시켜준다. 비타민C와 비타민B1, 비타민B2, 칼륨과 칼슘, 철분과 인이 많다. 포도씨 추출물은 지방이 쌓이지 않게 하고 인슐린 저항성도 개선시켜준다. 이 추출물은 미세혈관을 튼튼하게 함으로 당뇨망막변성증에도 효과가 있다고 알려졌다.

그러나 포도의 당을 포도당과 똑같이 생각하는 경우가 종종 있다. 포도의 당은 과당과 자당과 포도당으로 어우러져 있고 당지수는 현미(55)보다도 더 낮은 46이다. 또한 포도의 항산화효과는 비타민C보다 50배 강하고 비타민E의 1천 배에 달한다고 알려져 있다.

　포도와 더불어 강력한 항산화성분으로 알려진 심황의 커큐민
이 있다. 심황은 중국과 인도에서 오랫동안 요리와 치료에도 사
용된 약이다. 심황은 카레의 원료로 심황의 항산화성분인 커큐
민이 강력한 항염, 항암작용을 한다. 인도 사람들이 갠지스 강물
을 먹으면서도 한국인보다 위암 발생률이 낮은 이유도 카레를 먹
는 습관 때문이기도 하다. 이미 많은 제약회사에서 커큐민을 활
용한 건강기능식품을 개발했다. 커큐민은 면역세포인 T세포를
활성화시켜 면역의 균형을 조절해준다. 비타민D와도 결합하여
면역반응을 조절한다. 염증성질환에는 레스베라트롤과 커큐민
성분이 상승작용을 하면 더 효과적이다. 두 성분이 조절 T세포의
기능에 도움을 주어 자가면역질환과 만성염증을 가라앉힌다. 그
러므로 다음 페이지의 식단을 실천해보자. 두 가지를 함께 먹을
수 있는 식단을 구성하면 더 좋은 효과가 있다.

베리 과일 식단

	식사 구성	효과
아침	사과 1개(300g), 포도 200g	디톡스, 변비해결, 혈관건강
점심	바나나 2~4개, 블루베리 200g, 포도 500g	기력보충, 위점막 강화, 혈관건강
저녁	딸기 200g, 포도 500g	디톡스, 혈관건강

피부 건강 혼합 식단

	식사 구성	효과
아침	사과 1개(300g), 포도 200g	디톡스, 변비해결, 혈관건강
점심	바나나 2~4개, 포도 500g	기력보충, 위점막 강화, 혈관건강
저녁	고구마 200g, 단호박 200g	에너지 보충, 포만감

피부를 맑게 하는 혼합 식단

	식사 구성	효과
아침	사과 1개(300g), 포도 200g	디톡스, 변비해결, 혈관건강
점심	카레 덮밥(당근, 양배추, 강황), 미역, 브로콜리 샐러드	위점막 강화, 항암, 항염
저녁	포도 500g	디톡스, 혈관건강

저녁에도 다리가
붓지 않는 밥상

국물 요리를 먹으면 잘 붓는다

과일 식사를 하면 저녁에도 다리가 붓지 않는다. 질병통제예방센터CDC는 칼륨이 많고 나트륨이 적은 음식을 먹으면 혈압이 떨어진다고 했다. 낮은 혈압은 심장병과 뇌졸중의 위험을 줄여주고 체액과 혈액의 균형을 조절해준다. 또한 탄력 있고 아름다운 몸을 만들어준다. 많은 사람이 아침보다 저녁에 몸이 붓는 이유는 전해질 균형이 깨졌기 때문이다. 사람들은 생각보다 심하게 많은 나트륨을 섭취하면서 살아간다. 편의점이나 외부 식당에서 식사를 하면 깜짝 놀랄 양의 나트륨을 먹게 된다. 짬뽕 한 그릇을 먹으면 하루치 나트륨을 한 번에 다 섭취하는 꼴이다. 하루 두 번 이상 국을 먹고 과자나 라면을 더 먹으면 일일 나트륨 섭취량의

4배 이상을 먹게 된다. 나트륨을 과하게 섭취하면 세포는 수분을 저류시킨다. 나트륨을 줄이는 방법은 물이 아니라 칼륨이다. 칼륨을 먹으면 자연스레 나트륨이 빠진다. 칼륨이 풍부한 자연식품은 붓기를 다스려 림프순환도 원활하게 만들어준다.

칼륨이 풍부한 음식이 붓기를 빼준다

성인을 위한 칼륨의 적절한 섭취량AI은 남성의 경우 하루 3천 400mg, 여성의 경우 2천 600mg이다. 칼륨은 바나나, 사과와 케일이나 샐러리 같은 녹색잎채소에 풍부하다.

칼륨은 시금치에는 100g당 560mg, 근대에는 100g당 380mg이 있다. 과일 중에서는 바나나에 많다. 아보카도, 자두, 고구마에도 많은데 아보카도는 100g당 칼륨 487mg을 제공하며 건강한 지방도 공급한다. 아보카도는 심장건강에 좋은 단일 불포화지방과 비타민 C, E, K를 포함해 다양한 영양소를 함유한 과일이다. 풍부한 섬유질도 함유하고 있다 .

또한 토마토와 수박에도 칼륨이 많아 고혈압에도 도움이 된다. 당근, 오이, 케일, 파슬리, 시금치, 샐러리에도 칼륨이 많으므로 붓기가 심할 때에는 사과, 당근, 샐러리, 케일을 함께 갈아서 스무디 형태로 먹어도 좋다.

붓기 제로 완전 과일 식단

	식사 구성	효과
아침	사과 1개(300g), 토마토 200g	디톡스, 변비해결, 혈관건강
점심	바나나 2~4개, 아보카도 1개, 포도 500g	기력보충, 위점막 강화, 혈관건강
저녁	고구마, 당근, 사과, 오이	디톡스, 붓기제거, 혈관건강

붓기 제로 혼합 식단

	식사 구성	효과
아침	사과 1개(300g), 토마토 200g	디톡스, 변비해결, 혈관건강
점심	바나나 2~4개, 아보카도 1개, 포도 500g	기력보충, 위점막 강화, 혈관건강
저녁	현미밥, 다시마, 당근, 상추, 양배추, 오이, 케일	디톡스, 혈관건강

붓기 제로 과일야채 스무디

	식사 구성	효과
과일+야채	당근 + 사과 + 케일	
과일+야채	당근 + 사과 + 오이	디톡스, 붓기제거, 칼륨공급
야채	당근 + 샐러리 + 오이	

체지방은 빠지고
근육량이 증가하는 밥상

지방대사와 면역의 핵심장기는 간이다

과일과 야채를 중심으로 하는 식사를 하면 체지방은 빠지고 근육
량은 증가한다. 몸이 신진대사의 균형을 이루게 되어 불필요한
노폐물과 지방이 빠진다. 놀랍게도 운동의 변화 없이도 근육량이
증가한다. 과일 중심의 식사로 2주 만에 근육이 1.3kg 증가한 30대
남성, 4주 동안 체지방 5kg 감량, 근육 2kg 증가한 20대 남성, 3개
월 동안 체지방이 8kg 줄고 근육이 3kg 증가한 40대 여성이 있다.
다이어트를 위해 굶거나 한약을 먹거나 단백질 중심의 식사를 해
봤지만 번번히 실패했던 사람들도 달콤한 과일로 체중을 유지하
고 있다.

칼로리로 접근하는 다이어트가 실패하는 이유는 핵심을 간과

했기 때문이다. 지방대사와 근육형성의 핵심장기는 간이다. 비만과 면역질환에 시달리는 사람들의 공통점은 간이 불건강한 상태인 것이다. 물만 먹어도 살이 찐다는 사람들도 빈말이 아니다. 간이 약하면 음식을 줄인다고 해서 살이 빠지지 않는다. 음식을 줄이는 다이어트보다 간건강을 먼저 챙기는 것이 현명하다. 잘 먹으면서 체지방을 빼고 근육량이 증가하는 몸으로 바꿀 수 있다.

그렇다면 핵심장기인 간의 건강을 위해서는 어떻게 해야할까? 간의 기능을 위해 글루타치온의 양을 늘려주는 식사를 하는 것이 좋다. 글루타치온은 활성산소를 줄여주는 항산화영양소일 뿐만 아니라 지방산의 대사에 관여하여 체지방을 감소시킨다. 독소와 발암물질의 해독을 도와 해독기능에도 도움을 준다. 간에서 일어나는 다양한 효소작용도 활성화시키는 역할을 한다. 글루타치온은 우리 몸에서 만들기도 하고 음식을 통해 섭취할 수도 있다. 글루타치온이 만들어지는데 필요한 영양소는 비타민 A, C, E와 같은 항산화영양소와 과일영양소이다. 비타민C가 풍부한 키위, 자몽, 딸기, 비타민E가 풍부한 시금치, 아보카도, 올리브유가 도움이 된다.

글루타치온은 과일 중에는 아보카도, 자몽, 사과, 오렌지, 바나나, 멜론, 복숭아에 많이 함유되어 있다. 야채에는 고추, 당근, 양파, 브로콜리, 파슬리, 애호박, 시금치, 토마토에 풍부하다. 브라질너트, 호두, 아몬드 같이 셀레늄이 풍부한 견과류도 좋다.

건강한 간은 효소도 잘 만들어낸다. 과일을 하루 1kg 정도 먹으면 체내 효소의 양이 절대적으로 증가한다. 과일 자체가 효소를 머금고 있기 때문이다. 운동으로 체지방을 줄이려는 노력도 중요하지만 지방대사에 중요한 리파아제를 늘리는 방법을 찾는 것이 더 쉽고 빠르다. 고통스럽고 영양불균형인 저칼로리나 저지방, 저탄수화물 다이어트에 더 이상 의존할 필요가 없다.

기초대사량이 증가한다

우리 몸은 죽을 때까지 세포분열을 한다. 속도의 차이는 있지만 머리카락과 손톱이 자라는 것이 매 순간 세포분열을 하고 있다는 증거다. 적혈구는 1초에 200만 개가 생성되고 대장균도 1억 개가 새로 만들어진다. 약 1~2년이면 몸이 전체적으로 새로운 세포로 바뀐다. 새로운 세포가 만들어지는 몸에는 좋은 영양소가 필요하다. 실험실에서 인위적으로 배양하는 세포는 매우 고급 배양액을 먹으며 분열한다. 세포가 바로 흡수할 수 있는 형태의 포도당, 아미노산, 지방산과 비타민과 미네랄과 송아지의 혈청까지 50종이 넘는 구성의 배양액이다. 이 구성은 마치 과일영양소가 흡수될 때의 영양소와 비슷한 구성이다. 과일 중심의 살아 있는 식단으로 건강한 세포와 조직과 장기를 만들면 기초대사량이 나이가 들어도 줄어들지 않는다.

과일 중심의 식사는 기초대사량이 10배 증가하고 지구력이 생긴다. 기초대사량은 생명을 유지하기 위해 내 몸이 사용하는 에너지량인데 운동으로는 기초대사량이 크게 증가하지 않는다. 골격근의 대사량이 전체에서 20% 정도이기 때문이다. 주요 대사량은 대부분 내부장기들이 차지한다. 간 27%, 뇌 20%, 신장 10%, 심장 7% 정도다. 그 외에 위장과 폐, 갑상선과 부신 등 다른 내부장기까지 합치면 근육:내부장기 비율이 2:8이다. 기초대사량을 올리기 위해서 근력을 강화하는 것보다 내부장기를 튼튼하게 만드는 것이 더 중요하다.

　기초대사량을 늘리기는 쉽지 않다. 운동을 통해 근육량을 늘리고 근육이 에너지를 소모하는 양을 늘리는 전략은 꽤 난이도 높은 과정이다. 운동은 전체적으로 활동대사량을 늘리지만 기초대사량을 늘리기는 어렵다. 기초대사량의 80%를 차지하는 내장기관이 활성화되게 하면 쉽게 기초대사량이 늘어난다. 아래 과일 식단으로 기초대사량을 늘려보자.

근육 업 완전 과일 식단

	식사 구성	효과
아침	사과 1개(300g), 키위나 딸기 200g	글루타치온 생성, 변비해결, 항산화, 혈관건강
점심	견과류(브라질너트, 아몬드) 20g, 바나나 3~5개, 아보카도 1개	글루타치온 생성, 근육 형성, 위점막 강화
저녁	복숭아, 오렌지, 키위, 포도 등 제철과일 500g	디톡스, 림프순환

근육 업 혼합 식단

	식사 구성	효과
아침	사과 1개(300g), 키위나 딸기 200g	글루타치온 생성, 변비해결, 항산화, 혈관건강
점심	당근현미볶음밥, 브로콜리, 양배추	글루타치온 생성
저녁	복숭아, 오렌지, 키위, 포도 등 제철과일 500g	디톡스, 림프순환

폭식과 과식이
사라지는 밥상

과식은 효소 부족의 증상이다

과일 중심의 식사를 하면 폭식과 과식이 사라진다. 과식을 하는 이유는 식욕조절 호르몬의 균형이 깨지기 때문이다. 렙틴은 식욕을 억제하는 호르몬이고 그렐린은 식욕을 촉진하는 호르몬인데, 렙틴 분비가 잘 안 되는 요인으로 빵과 파스타, 흰쌀밥 같은 정제탄수화물의 과잉섭취가 있다. 정제탄수화물을 먹으면 혈당 조절이 잘 안 되어 뇌에 계속 먹으라는 신호를 보내기 때문에 렙틴 분비가 줄어든다. 이런 정제탄수화물은 섬유질이 없기 때문에 포만감도 적다. 또 렙틴은 20분 이상이 지나야 분비되는데 밥을 급하게 먹으면 과식을 하게 되는 이유이다.

양념이 많은 음식도 과식을 부른다. 양념 없는 감자와 꿀과 버터를 바른 감자를 원숭이에게 주었을 때 원숭이는 꿀과 버터를 바른 감자를 일반 감자보다 2배 더 먹었다. 사람도 단짠단짠을 반복해서 먹을 때 과식하게 된다. 라면이나 치킨, 배달음식을 자주 먹을수록 역류성식도염이 걸릴 확률도 늘어난다.

　이에 비해 효소가 풍부한 음식을 먹으면 과식하지 않게 된다. 과일을 지나치게 많이 먹어서 체한 사람을 본 적이 있는가? 과일과 야채는 효소가 풍부해 포만감을 주고 이후에도 건강한 음식을 먹고 싶게 만든다. 예일대학교의 주디스 로딘 교수Judith Lodin는 먼저 섭취한 음식이 다음 음식의 선택을 결정짓는다고 했다. 체중이 늘어난 직원들로 문제가 심각해진 구글에서 로딘 교수에게 식단구성에 대해 의뢰를 했다. 로딘 교수는 칼로리나 음식을 제한하지 않고 음식의 순서만 바꿨다. 그런데 맨 앞자리에 과일을 두자 놀라운 일이 일어났다. 첫 음식으로 싱싱한 과일을 선택한 사람은 그다음 음식에도 건강한 음식을 선택하는 비중이 47%나 되었다. 반면 치킨이나 피자 같은 가공식품과 양념범벅이 된 음식을 먹으면 혀의 미뢰가 감각을 잃어 더 자극적인 음식이 당기게 된다.

과식을 방지하기 위한 식사법

과일을 지속적으로 먹게 되면 정서적으로도 안정이 되고 입맛도 건강하게 바꿔준다. 신선함을 가득 느낀 입맛이 세팅되면 그동안 즐겨 먹었던 치킨, 피자, 탄산음료와 라면 등이 그다지 맛있게 느껴지지 않는다. 그 냄새가 역겹기도 하다. 매일 야식으로 라면을 먹었던 필자도 과일을 먼저 먹는 음식 순서만 바꿨는데 자연스럽게 라면을 멀리 할 수 있었다. 고릴라에게 일반 양상추와 유기농 양상추를 주면 즉시 유기농 양상추를 선택한다. 하지만 사람은 어떨까? 의학이 최고로 발달한 시대를 살고 있지만 정작 동물보다 못한 입맛으로 사람의 몸은 각종 병에 시달리고 있다.

아무리 자연의 음식이라도 본능의 입맛을 해결해주어야 한다. 사람의 혀에는 다섯 가지 맛에 대한 미뢰를 가지고 있다. 단맛과 짠맛, 신맛, 쓴맛과 감칠맛이 충족될 때 음식에 대한 욕구가 채워진다. 과일과 함께 순수한 음식으로 오미를 충족시키는 식단으로 과식과 폭식으로부터 자유를 누릴 수 있다.

식전에 과일을 먹는다. 사과 반쪽, 바나나 1개, 방울토마토 등 과일을 먼저 먹고 10분 후 식사를 한다. 식사 중 신선한 야채류와 해조류를 많이 먹는다. 당근, 양배추, 쌈채소, 오이, 오이고추 등 싱싱한 것과 함께 먹으면 포만감이 들어 과식하지 않는다.

50년 변비도
해결되는 밥상

변비는 수용성 식이섬유 부족이 가장 큰 원인이다

변비는 몸에 독소를 저장하게 만드는 원인이므로 반드시 해결해
야 한다. 변이 몸에 축적되어 있으면 장간혈액순환을 통해 간으
로 흘러 들어간다. 간이 해독하기 어려울 만큼 독소가 쌓이고 해
독이 안 된 독소는 피부를 통해 표출된다. 피부를 뚫고 나오는 뾰
루지는 독소가 쌓였다는 증거다. 체내 독소가 쌓이면 면역력도
떨어지게 된다. 변비에 대한 해결책으로 변비약을 먹거나 유산
균을 선택한다. 현미와 생야채를 통해서도 해결하려고 한다. 10
년이 넘는 만성변비는 이런 방법으로는 쉽게 해결되지 않는다.
이는 변비의 원인을 제대로 찾지 못했기 때문이다.

변비의 원인은 장무력증과 수용성 식이섬유의 부족 때문이다.

장무력증은 몸에 영양소가 제대로 공급되면 장연동운동이 활발해지면서 해결된다. 과일의 수용성 식이섬유는 대변의 고형물을 부드럽게 만들어주면서 장이 힘들지 않게 고형물을 내보낼 수 있게 한다. 과일영양소를 먹다 보면 미네랄도 보충이 되면서 장연동운동도 함께 좋아진다. 30년 만성변비 환자는 현미 채식과 변비약, 유산균과 관장까지 별의별 시도를 다 했지만 나아지지 않았다. 그러다가 3일 동안 과일만 먹는 처방을 받고 쾌변을 보기 시작했다. 50년 동안 만성변비를 앓았던 중년 여성도 아침에 과일 식사를 한 후부터 완전히 해결이 되었다.

장건강을 위해 유산균을 먹는 사람이 많지만 그것보다 유산균이 증식하는 환경을 만들어주는 것이 우선이다. 장내미생물은 과일의 당과 식이섬유를 먹고 산다. 미생물이 자라는 환경을 만들면 유산균도 변비약도 필요가 없다. 현미의 단단한 껍질은 장내점막이 약한 사람들에게는 상처가 나는 자극이 될 수 있다. 단단한 곡물을 소화시키기 어려운 사람은 과일이 더 안전하고 고통이 없다. 사람의 몸에 맞는 최적화된 식이섬유는 과일을 통해서 섭취하는 것이 현명하다.

장에 좋은 과일로는 키위, 사과, 배, 복숭아, 포도 그리고 수용성 식이섬유 펙틴이 풍부한 딸기와 감귤류가 있다. 그 외에도 수분이 풍부한 파인애플, 소화 흡수를 빠르게 해주는 참외, 식이섬유가 더 풍부한 프룬과 아보카도, 양배추, 고구마도 도움이 된다.

변비 솔루션

- 아침 사과 1개 이상 + 제철과일 500g 먹기
- 매일 과일 1kg 이상 먹기
- 좋아하는 과일로 하루 500ml 이상 스무디 만들어 먹기
- 샐러드와 약간의 견과류로 고소한 맛과 짠맛 맛보기
- 장이 최적화되는 기간이 필요하므로 설사를 두려워하지 말기

변비 해결 혼합 식단

	식사 구성	효과
아침	사과 1개(300g), 사과당근케일스무디 200ml	디톡스, 변비해결, 혈관건강
점심	사과당근케일스무디 300ml 고구마, 바나나, 사과, 제철과일 500g	기력보충, 위점막 강화, 혈관건강
저녁	당근비트오이스무디 300ml, 사과키위케일 스무디 300ml, 고구마	디톡스, 혈관건강

소화가 잘 되는
밥상

천연 소화제인 야채과일

먹은 음식이 완전히 소화될 때 영양소가 잘 흡수되고 몸에 필요한 성분들이 만들어진다. 소화를 잘 시키기 위해서는 다음과 같이 먹어야 한다. 음식은 가공식품이 아닌 살아 있는 음식을 먹어야 한다. 음식은 종류가 많이 섞이지 않을수록 좋다. 음식을 먹는 순서도 중요하다. 음식 순서 중 대표적으로 잘못된 것은 식후과일이다. 과일은 식전과 공복에 먹을 때 영양소가 모두 흡수된다. 소화가 잘 안 되는 사람들의 경우 죽을 먹거나 선식을 먹는데 장기적으로는 영양결핍이 올 수 있으니 자주 먹지 않는 것이 좋다.

소화가 가장 좋은 음식은 소화효소를 이미 가지고 있는 과일이다. 과일은 소화불량을 일으키기 어렵다. 90%가 수분이며 소화효소를 가지고 있기 때문이다. 이런 과일에는 대표적으로 단백질 분해효소가 있는 파인애플이 있다. 키위, 배도 소화가 잘되는 성분이 있어서 소화를 돕는다. 이 외에도 과일 자체는 소화가 용이하니 죽이나 선식보다 과일을 선택하는 것이 더 바람직하다.

파인애플에는 브로멜라인이라는 단백분해효소가 있어서 단백질의 분해와 소화를 돕는다. 보통 고기를 먹을 때 연하게 하기 위한 목적으로 파인애플과 키위를 사용한다. 꼭 그렇지 않더라도 두 과일은 비타민C가 풍부하고 효소가 풍부해 환자나 소화가 어려운 사람에게 도움이 된다. 파인애플은 망간, 구리, 칼륨과 요오드 등 미네랄까지 풍부해 뼈 건강과 갑상선 건강에도 좋고, 혈전을 녹여주며 기관지염이나 코감기, 요로감염 등에도 도움이 된다.

'겨울 무는 인삼보다 낫다'라는 말이 있을 정도로 무는 몸에 좋다. 한의학적으로 무, 도라지, 배와 같이 하얀색 음식은 기관지에 좋아 기침할 때 무를 먹으면 가라앉는다. 동의보감에는 소화를 돕고, 기를 내리며 독을 풀어준다고 기록되어 있다. 무에는 비타민 C와 엽산, 칼슘, 칼륨, 식이섬유, 아밀라아제까지 있어서 과식하면 반드시 무를 먹는 것이 좋다. 위궤양과 위통증, 더부룩한 불쾌감도 나아진다.

고구마 또한 소화에 좋다. 베타카로틴이 풍부하고 비타민 C와 D도 풍부해 면역력에 좋다. 미국 국립암연구소에서는 고구마를 자주 먹으면 먹지 않는 사람보다 폐암에 걸릴 확률이 절반 이하로 감소한다고 발표했다. 각종 암 예방이 될 뿐만 아니라 식이섬유도 풍부해 변비를 예방하며 장건강에도 좋다. 고구마와 무즙은 음식궁합도 잘 맞아 소화를 돕는 환상적인 면역 밥상이라 할 수 있다.

소화가 잘 되는 혼합 식단

	식사 구성	효과
아침	사과 1개(300g), 파인애플 200g	글루타치온 생성, 변비해결, 항산화, 혈관건강
점심	고구마, 바나나, 파인애플 300g, 키위 300g	근육 형성, 마그네슘 풍부, 위점막 강화
저녁	고구마, 무밥, 파인애플 200g	디톡스, 림프순환, 혈액순환

고소한
항염 밥상

좋은 기름은 염증을 줄여준다

혈관건강을 위협하는 물질로 알려졌던 콜레스테롤은 사실 그 원인이 아님이 밝혀졌다. 그럼에도 불구하고 여전히 사람들의 인식 속에는 콜레스테롤이 해로운 물질로 여겨지고 있다. 콜레스테롤 자체가 심혈관질환을 유발한다는 근거는 없다. 본래 콜레스테롤은 세포막과 뇌세포를 구성하고 성호르몬과 부신피질호르몬 등의 원료로 간에서 합성된다. 오히려 콜레스테롤을 낮추는 스타틴 계열의 약물을 복용하면 간에서 콜레스테롤 합성이 중지되어 다양한 부작용이 발생한다.

콜레스테롤의 어원 자체는 담즙과 관련되어 있다. 그리스어로 콜레Chole는 담즙, 스테로이드Steroes는 고체라는 의미로 콜레스테롤이 되었다. 간은 콜레스테롤과 적혈구의 색소인 빌리루빈과 몇 가지 물질로 담즙을 만든다. 담즙은 지방을 소화시키고 흡수시키는데 반드시 필요하며 칼슘 흡수에도 중요한 역할을 한다. 칼슘자체가 부족해서 뼈질환에 문제가 생기는 것보다 담석으로 인해 담즙의 양이 적어진 것이 원인이라는 주장도 있다. 또 콜레스테롤을 위험물질로 오해한 결과 콜레스테롤 저하제가 수많은 질병의 원인이 될 수 있다. 노르웨이 과학기술대학교 연구팀은 약 5만 명을 대상으로 심혈관질환과 콜레스테롤의 수치 상관관계를 연구했다. 그 결과 오히려 여성과 노인의 경우 총 콜레스테롤수치가 높을수록 암, 심장마비, 뇌졸중 등의 발병위험이 더 줄어든다고 주장했다. 콜레스테롤과 심혈관질환은 아무 관계가 없다.

문제는 염증이다. 세계 최고의 심장전문외과 드와이트 런델은 5천 건의 심장수술을 집도한 의사로 심장질환의 원인은 혈관벽에 생긴 염증이라고 했다. 염증이 없다면 콜레스테롤은 아무런 문제가 되지 않는다. 혈관내부에 상처가 생겨 이를 복구하려는 과정 중에 염증이 생긴다. 염증으로 인해 콜레스테롤이 혈관내벽에 갇히게 되고 혈전이 생기기도 한다. HDL콜레스테롤은 유익하고 LDL콜레스테롤이 문제라고 하지만 밀도와 위치의 차이일 뿐 둘 다 우리 몸에 필요하다. 문제는 활성산소로 산화된 LDL 콜레스테롤이다.

콜레스테롤을 줄이려는 노력보다 염증을 줄이려는 노력이 건강한 몸을 만든다. 심혈관질환과 염증에 도움이 되는 것은 오메가3 지방산이다. 용종과 대장암 발생률을 낮춰준다. 영국 리즈대학교 마크 헐 박사는 대장 용종제거 수술을 받은 55명을 두 그룹으로 나눠 한 그룹에만 오메가3 지방산을 보충제로 6개월간 투여했다. 용종은 수술로 제거해도 시간이 지나면 다시 생기는 경우가 많은데 오메가3 지방산을 섭취한 그룹은 그렇지 않은 그룹보다 용종수가 평균 10% 적었고 용종의 크기도 12.5% 적었다.

건강한 지방을 활용하면 고소하면서도 배부른 항염밥상을 준비할 수 있다. 아토피나 알레르기, 염증성 장질환을 앓고 있는 사람들은 혈중지방의 균형이 깨져 있다. 염증기전에서 오메가3 지방산과 오메가6 지방산의 비율은 1:1~1:4가 이상적이다. 그런데 자가면역질환을 앓고 있는 사람들은 1:20 정도로 오메가6 지방산의 비율이 지나치게 높다. 이렇게 비율이 깨지는 이유는 여러 요인이 있다. 오메가6 지방산이 많은 옥수수사료를 먹고 자란 동물의 고기를 먹었거나 튀긴 음식이나 가공식품에 많은 트랜스지방산, 오메가6 지방산이 많은 해바라기씨유, 옥수수유, 카놀라유, 콩기름 등을 사용한 요리를 즐겼기 때문이다. 특히 트랜스지방산은 절대 먹어서는 안 된다. 세포막을 변형시키고 뇌세포교란을 유도하며, 심장병이나 당뇨병과 암 등의 질병에 영향을 미

친다. 각종 가공식품과 라면 같은 인스턴트 식품에는 만드는 과정에서 트랜스지방산이 더 생성되기도 해서 표기된 양보다 더 많이 섭취할 수 있으므로 먹지 않는 것이 좋다.

또한 포화지방은 나쁘고 불포화지방이 좋다고 생각하는 것은 잘못된 인식이다. 지방산 구조의 차이일 뿐 좋다 나쁘다로 판단하지 않는다. 코코넛 오일은 포화지방이지만 다이어트와 염증에 도움이 된다. 들기름은 항염, 항산화작용을 하는 로즈마리산이 함유되어 있다. 들기름의 알파리놀렌산은 다른 오메가3 지방산인 EPA와 DHA의 합성을 도와 혈액순환과 두뇌활동에 도움을 준다.

또 염증을 줄이는 것으로 알려진 기름으로 아마씨유가 있다. 아마씨유는 미국 약전에 유일하게 등재된 견과류로 독일과 일부

유럽에서는 의사가 약으로 처방하기도 한다. 오메가3 지방산이 전체의 60%를 차지해 혈액순환에 도움을 준다. 리그난이라는 성분이 항산화, 항암작용을 하고 호르몬과 관련된 증상을 완화시켜주어 중년 여성에게 좋다. 그 외에도 아보카도, 견과류, 들기름, 올리브유 등을 매일 적정량을 섭취하는 게 좋다. 오메가3 지방산이 많은 연어나 고등어도 좋은 공급원이 된다.

염증이 많은 몸은 불포화지방산이라도 오메가6 지방산의 함량이 높은 기름은 피하는 것이 좋다. 시중에 판매되는 해바라기씨유, 포도씨유, 콩기름, 팜오일, 카놀라오일 등이 그 예이다. 여러 오일이 혼합되어 있고 열에 불안정하다. 무엇보다 오메가6 지방산 함량이 높아 염증비율의 균형을 깨뜨릴 수 있다.

기버터와 견과류를 활용한 식사

씨앗 상태의 기름이 가장 신선하지만 간혹 기름요리를 해야 한다면 열에 안전한 기름이 좋다. 기버터는 동물성이지만 항염효과가 있어 인도에서 치료용으로도 사용했다. 버터에서 유당과 카제인과 수분을 제거했기 때문에 순수지방만으로 구성되어 있고 발연점이 250도로 높아 안정적이다. C4 뷰티르산이 풍부해서 몸에서 바로 에너지로 활용된다. 요리할 때는 열에 불안정한 불포화지방산보다 기버터를 사용하면 산화와 염증에 대해 안정적이다. 버터의 고소한 맛이 강해 빵에 대한 욕구가 클 때 기버터로

실천편 면역력, 이렇게 높이자!

요리한 음식을 먹으면 욕구충족도 되고 건강에도 이롭다.

하루에 견과류 한 줌(30~45g)을 섭취하면 염증과 두뇌, 심혈관 건강에도 도움이 된다. 호두는 고대 그리스에서 머리에 난 상처를 치료할 때 사용했다. 뇌세포의 구성물질 알파리놀렌산과 칼슘이 풍부하고 뇌와 신경을 강화하는 레시틴이 함유되어 있다. FDA는 하루에 호두 43g을 섭취하면 심장병 예방에 도움이 된다고 했다. 탄수화물을 먹은 직후 먹는 것보다 공복 시 먹으면 흡수율도 높고 포만감을 줘서 다음 식사의 양을 줄여주는 효과가 있다. 견과류 섭취 시 높은 칼로리로 살이 찐다는 생각보다 자연의 기름으로 몸의 염증을 조절해주고 혈관건강에 도움이 된다는 생각으로 먹는 것이 좋다. 전을 만들 때는 염증을 유발하는 밀가루 대신 아몬드 가루를 사용하는 것이 좋다. 혈당에도 안정적이며 고소한 맛이 강해 밀가루 음식이나 빵에 대한 욕구를 줄여준다.

고소한 한식 항염 식단

	식사 구성	효과
아침	사과 1개(300g), 토마토 200g	디톡스, 변비해결, 혈관건강
점심	식전과일 1개 현미밥 + 해조류 + 쌈채소, 백김치, 김	심뇌혈관건강, 항염
저녁	식전과일 1개 당근 기버터 구이, 호박 + 아몬드전	눈건강, 디톡스, 항염

고소한 해물 항염 식단

	식사 구성	효과
아침	사과 1개(300g), 토마토 200g	디톡스, 변비해결, 혈관건강
점심	식전과일 1개 양파 + 고등어(연어) 기버터 구이, 쌈채소, 백김치	심뇌혈관건강, 항염
저녁	식전과일 1개 현미밥밥 + 맑은 미역국 + 쌈채소, 들기름 친 나물, 백김치	디톡스, 혈관건강

고소한 견과 항염 식단

	식사 구성	효과
아침	사과 1개(300g), 토마토 200g	디톡스, 변비해결, 혈관건강
점심	식전과일 1개 견과류 50g~70g	심뇌혈관건강, 항염
저녁	식전과일 1개 현미밥밥 + 쌈채소, 맑은 미역국, 백김치	디톡스, 혈관건강

면역 식사,
자주 하는 질문과 답변

면역력의 중심에는 유전이나 체질보다 매일 먹는 '음식'이 있습니다. 건강한 음식을 통해 대사가 원활하게 이루어지는 몸을 만드는 것이 중요하지요. 그러기 위해서는 합성가공한 음식 대신 자연의 순수한 음식으로 식단을 구성해야 합니다. 순수한 음식이면서 영양과 해독의 효과가 가장 빠르게 나타나는 음식은 과일입니다. 과일의 식물영양소가 면역세포를 돕고, 몸속의 노폐물들을 청소해줍니다. 여기에는 앞에서 설명했던 면역 식단을 먼저 실천한 분들이 많이 주셨던 질문을 정리했습니다. 이 책을 보는 여러분들이 꾸준한 면역 식단을 실천하는 데 도움이 되길 바랍니다.

과일 식사, 이런 게 불안합니다

Q **과일 먹으면 혈당이 올라가지 않나요?**

A 식후가 아닌 식전에 먹는 과일은 혈당에 문제를 일으키지 않습니다. 과일의 당은 포도당, 자당, 과당 그리고 섬유질과 수분으로 구성된 자연당입니다. 과일을 먹고 나서 즉시 혈당체크를 하면 숫자상으로는 혈당이 상승합니다. 이는 과일의 당분을 먹었기 때문에 일어나는 지극히 자연스러운 현상입니다. 쌀밥 식사를 해도 식후에 혈당이 상승하는 것은 마찬가지입니다. 혈당이 올라가는 것이 무조건 해로운 것은 아닙니다. 문제는 정제된 탄수화물과 지나친 육류 섭취로 당운반 호르몬인 인슐린의 분비가 안 되는 것입니다.

사과 1개(100g)에는 포도당, 자당, 과당이 각각 2.6g, 2.1g, 6.3g 들어 있습니다. 500g을 먹는다고 해도 포도당은 13g 내외입니다. 이 양은 쌀밥 한 그릇(30g)이나 500ml 콜라 한 병(25g)의 양과 비교할 수 없이 적은 양입니다. 혈당 문제에 있어서는 평소 먹는 흰쌀밥과 라면, 파스타, 국수, 빵이나 과자가 100배, 1천 배 더 위험합니다. 과일의 과당은 간에서 바로 사용되기 때문에 혈당 문제를 일으키지 않습니다.

만약 과일의 당이 인슐린에 문제를 가져오는 수준이라면 과일을 주식으로 삼는 고릴라, 원숭이, 침팬지 같은 유인원들은 모두 혈당 문제에 시달려야 할 것입니다. 7년 이상 과일 식사를 하는 필자와 많은 사람들은 과일을 먹고 혈당 문제로 병원에 간 적이 없습니다. 오히려 필자는 그 반대로 과일을 먹기 전에는 당뇨 직전에 있다가 과일 식사를 한 후 병원을 다닐 필요가 없게 되었습니다.

과일을 당으로 보는 관점은 환원주의적 관점입니다. 환원주의적 관점은 부분의 합이 전체를 이룬다는 생각으로 숲을 보지 못하고 나무만 보게 합니다. 과일은 당분의 결합이 아닙니다. 씨앗에서 시작해서 오랜 세월에 걸쳐 셀 수 없이 많은 영양성분이 담긴 생명의 열매입니다. 환원주의적 관점은 과일의 수많은 성분은 보지 못하게 하는 맹점을 가지고 있습니다. 아무리 영양학적으로 좋은 분유라 할지라도 엄마의 모유를 똑같이 만들어내지 못합니다. 이 자연의 순리를 깊이 생각해봐야 합니다.

당의 문제가 올 경우 혈당강하제로 혈당 수치를 내리는 것이 중요한 것이 아니라 건강상태를 회복시키는 것이 중요합니다. 건강은 숫자로 파악하는 것이 아니라 내 몸의 이상증세를 스스로 느껴서 파악하는 것이 더 정확합니다. 건강검진을 통해 모든 수치가 정상이었던 사람도 어느 날 갑자기 암환자로 발견되는 경우를 쉽게 찾아볼 수 있습니다. 혈당의 숫자에 신경쓰기 보다는 과일을 섭취해 살찌지 않고 피곤하지 않고 감기에 잘 걸리지 않는 몸으로 회복하는 것이 중요합니다.

Q 식후 과일은 왜 안 좋은가요?

A 식후에 과일을 먹으면 위 속에서 먼저 들어온 음식과 과일이 섞여서 완전소화가 되지 않습니다. 오히려 다양한 음식이 섞여서 발효가 되거나 변질됩니다. 과일의 좋은 영양성분들이 위와 소장으로 흡수되지 못하지요. 탄수화물은 발효가 되어 가스를 만들고 알콜 이전 물질로 변할 수 있습니다. 오랜 세월 식후 과일 습관을 가진 사람들이 술을 먹지 않음에도 간 문제가 있는 이유입니다. 위 속에 있던 단백질은 부패되고 지방은 산패되어 몸에 노폐물을 만들어냅니다. 그러므로 식사를 하는 것 자체보다 건강한 식사법의 원리와 순서대로 먹는 것이 중요하지요.

Q 과일은 언제 먹는 것이 좋은가요?

A 과일의 소화 속도는 30분입니다. 과일의 약 90%는 수분이기에 먹으면서 바로 흡수됩니다. 소화에 문제가 없거나 시간이 바쁜 분들은 식사 5분 전에라도 과일을 먹고 일반 식사를 하면 큰 도움이 됩니다. 가장 이상적인 식전 과일 타이밍은 식사 30분 전입니다.

Q 과일 먹으면 살찌지 않나요?

A 아침과 공복에 먹는 과일로 살찌기는 매우 어렵습니다. 과일의 칼로리는 매우 낮습니다. 100g 기준으로 사과는 56kcal, 오

렌지는 47kcal, 바나나는 84kcal입니다. 아침에 과일 500g을 먹는다고 해도 약 250~400kcal를 섭취하는 것입니다. 라면 하나의 칼로리가 400kcal를 훌쩍 넘는 것에 비하면 매우 적습니다.

그렇지만 칼로리 계산은 무의미합니다. 가공식품 외에 자연의 음식은 칼로리를 계산할 필요가 없습니다. 칼로리는 봄베 열량계라는 밀폐용기에 음식을 넣고 태워서 발생하는 에너지를 측정한 것입니다. 사람의 몸은 태워서 에너지를 만드는 것이 아니고 생체에서 이용하는 것에 따라 소모되기에 애초에 쓸모없는 단위입니다.

과일은 당분의 양도 달달한 그 단맛에 비해 적습니다. 포도는 100g당 8.4g, 사과는 11g으로 대략 과일 500g을 먹어도 50g입니다. 쌀밥 한 공기가 60g, 라면 한 봉지가 75g이니 밥과 라면이 훨씬 더 위험합니다. 과일로는 심하게 과식하기도 어렵습니다. 효소가 풍부한 음식은 식탐을 자연스럽게 사라지게 합니다. 밀가루 중독증에 시달렸던 사람들이 과일 식사를 하면 더 이상 빵이 맛이 없다고 느끼게 되어 중독도 해결하고 체중감량에 성공하는 이유입니다.

Q 과일의 당은 중성지방으로 간에서 저장되어 지방간을 유발하지 않나요?

A 식전 과일로 섭취하는 과일의 당분으로는 지방간이 유발

되지 않습니다. 과일의 당은 자연당으로 안전합니다. 과일은 식전과 식후에 먹을 때 그 결과가 하늘과 땅 차이입니다. 공복에 먹는 과일의 당은 혈당 문제가 없으며 살찌지 않습니다. 과일보다 가공 정제한 음식의 당이 당뇨병과 비만을 부릅니다. 흰밥과 빵과 면 종류의 음식이 고혈당 음식입니다.

과일의 당이 위험한 경우는 식후 디저트로 먹을 때입니다. 과일을 식후에 먹으면 식사 중 섭취한 당분과 과일의 당분이 더 추가가 되므로 총 당분의 양이 초과할 수밖에 없습니다. 초과된 당분이 중성지방으로 합성되고 지방간이 됩니다. 아침 과일과 식전 과일은 초과 당분이 아니기에 몸에 저장될 틈이 없습니다. 오히려 몸의 독소를 배출하고 간건강에 필요한 영양소를 제공해주기 때문에 건강한 몸이 됩니다.

Ⓠ 공복과일은 나쁘다고 하던데요? 빈속에 과일 먹어도 되나요?

Ⓐ "공복에 바나나를 먹으면 위험하다", "과일을 먹으면 안 좋다." 이런 말들이 많습니다. 왜 이런 말이 떠도는 걸까요? "공복에 라면을 먹으면 위험하다", "햄을 먹으면 안 된다." 이런 말은 없는데 말입니다. 과일을 공복에 지나치게 먹어서 당뇨병, 심혈관질환, 비만, 동맥경화, 암에 걸린 사람을 본 적이 있는지 생각해봐야 합니다.

빈속에 과일을 먹고 속이 불편한 경험을 한 일부의 사람들의 말이 떠돈 것 아닌가 합니다. 사람마다 위의 상태가 다릅니다. 위산이 많이 나오는 분이 사과를 먹으면 속이 쓰리다고 하는 사람이 있습니다. 반면 어떤 사람은 사과를 3개 이상을 먹어도 속이 아무렇지 않다고 합니다. 위점막이 약하고 역류성 식도염이 있는 분들이라면 사과를 조심하는 것이 좋습니다. 사과는 사과산, 주석산 등 산이 많아서 속이 불편할 수 있습니다.

또 공복에 바나나를 먹으면 위험하다는 말은 바나나에 많이 들어 있는 칼륨이 인체에 쌓일 수 있다는 주장에서 나왔습니다. 인체는 음식에 들어 있는 양으로 갑자기 혈중 칼륨이 높아져서 고칼륨혈증으로 문제를 일으킬 확률이 높지 않습니다. 음식으로 즉각적인 혈액상태를 바꿀만큼 전해질 균형을 깨뜨리기가 쉽지 않습니다. 우리 몸은 그렇게 취약하지 않습니다. 혈중으로 바로 투입하는 것이 아니라면요. 혈액으로 투입하는 백신이나 약물이 훨씬 더 위험합니다. 그럼에도 아주 적은 양의 칼륨으로도 영향을 받을 수 있는 신장 투석환자라면 바나나 섭취를 조심해야 할 수도 있습니다.

안심하고 드세요. 공복 과일이 문제가 된다는 말은 일부 사람들의 주장일 뿐입니다. 명확한 근거가 없는 말 때문에 과일의 소중한 영양성분을 멀리하는 일이 없기를 바랍니다.

Q 사과를 먹으면 속이 쓰린데 계속 먹어야 할까요?

A 아니요, 드시지 않아도 됩니다. 역류성 식도염이나 위염과 같이 위장점막이 약한 분들은 신맛 과일이 자극이 될 수 있습니다. 그럴 땐 억지로 사과를 드시지 말고, 신맛이 없는 단맛 과일류를 드셔보세요. 봄에는 딸기, 여름엔 참외, 가을엔 단감, 그리고 사시사철 맛볼 수 있는 바나나를 추천해드립니다. 내 몸에 맞는 과일이 무엇인지 스스로 탐색해보는 시간이 꼭 필요합니다.

Q 토양이 오염되어 과일도 영양이 부족하지 않나요? 영양제를 더 먹어야 하는 게 아닐까요?

A 토양의 오염이 과거보다 심해져서 과일과 채소의 영양상태가 달라졌을 것입니다. 이왕이면 유기농 과일과 야채를 선택하는 것이 더 좋습니다. 그러나 우리가 도시에 살면서 대기오염이 심해졌다고 해서 산소를 사서 마시거나 아예 안 먹는 사람은 없듯이, 과거보다 영양이 떨어졌을 지라도 땅에서 햇빛과 비바람을 맞으며 시간이 걸려 만들어낸 과일의 가치는 여전히 영양제를 먹는 것보다 훨씬 우수합니다.

기능의학의 관점에서 보면 토양의 영양이 부족해서 영양제로 보충해야 한다고 합니다. 만약 사막에서 빵밖에 먹을 수 없는 현실이라면 그렇게라도 보충해야 합니다. 그러나 자연은 열매라는 완성작을 만들어냈습니다. 어떤 학자들은 이렇게 말합니다. 키위 하나에 들어 있는 비타민C의 함량이 너무 적어서 키위 50개를 먹어야 채워진다. 그렇게 먹을 수는 없으니 키위 50개 양의 비타민이 함유된 영양제를 먹어야 한다고 말입니다.

저도 기능의학과 영양의학을 공부하며 똑같은 생각을 한 적이 있었고 그렇게 실천하기도 했습니다. 그런 시간이 약 7년 정도 됩니다. 키위에 비타민C 하나만 있다면 그게 더 똑똑하다고 할 수 있습니다. 하지만 비타민C 하나라는 부분만 보면 안되고 키위라는 과일 전체를 봐야합니다. 키위 안에는 비타민C만 있는 것이 아니라 9대 영양소와 함께 아직 이름을 부여받지 못한 수많은 영양성분이 있습니다. 열매 하나는 그 자체로 완전한 생명체입니다. 생명을 먹는다는 것은 비타민C를 합성해놓은 알약과 차원이 다릅니다. 사람은 생명체이기에 자연이 시간이 걸려 만들어준 생명이 담긴 음식을 먹어야 합니다. 저도 비타민 몇 그램 미네랄 몇 그램 따져서 먹었던 과거보다 7년 동안 과일 식사를 하루 한두 끼 해본 지금이 훨씬 더 건강하다고 느낍니다. 사막과 같은 환경이 아니라면 하루 과일 식사 500g을 실천하는 것이 영양제보다 더 좋습니다.

Q **과일의 잔류농약이 걱정돼요, 많이 먹으면 위험하지 않나요?**

A 농약 문제를 걱정하는 분들이 많습니다. 하지만 과일에 사용하는 대부분의 농약은 수용성이라 제거가 됩니다. 흐르는 물

로 씻는 방법, 밀가루나 식초를 푼 물에 30분 담가두는 방법, 과일 전용 세제를 쓰는 방법 등 다양한 방법으로 씻으면 농약의 약 99%는 제거됩니다.

잔류농약보다 그간 몸에 차곡차곡 쌓인 첨가물과 염증유발물질들이 훨씬 더 위험합니다. 더 심각한 위험 속에 있었지만 잘 느끼지 못했을 뿐입니다. 과일의 양을 늘려서 그동안 쌓였던 노폐물을 해독하고 가공음식을 멀리하는 걸 3일만 실천해도 몸상태가 개선되는 것을 느낄 수 있습니다.

Q 성장기 어린이는 과일만 먹으면 단백질이 부족하지 않나요?

A 과일 식사는 오히려 근육을 더 잘 만들어줍니다. 인체는 흡수한 영양소로 다양한 동화작용이 일어남으로 에너지를 내고 피와 살과 호르몬과 신경전달물질 등을 만들어 인체를 구성합니다.

근육은 다양한 효소와 영양대사의 결과물로 형성되며 운동을 통해서 근섬유가 증가할 때 커집니다. 물론 인체를 구성하는 필수 근육량과 골격근량을 만드는 데 단백질이 필요합니다. 사과에는 근육형성에 도움을 주는 우르솔산이 들어 있습니다. 과일의 비타민과 미네랄과 식물영양소와 효소가 근육형성에 필요한 성분들의 원료가 됩니다.

닭가슴살 샐러드를 주식으로 먹으며 PT를 받던 30대 남자분이 과일 식사로 주식을 바꾸면서 근육량이 2주에 4kg이 증가하고 체지방은 줄었습니다. 닭가슴살을 먹을 때 느끼지 못했던 몸의 가벼움과 맑은 피부와 체력은 덤으로 얻었습니다. 지나친 동물성 단백질과 파우더는 과잉섭취시 노폐물을 많이 만들어내고 지방으로 저장됩니다. 과일의 식물성 단백질은 몸에 적정한 근육량과 골격근을 만들어주고 머리카락과 손톱 등도 잘 자라게 도와줍니다. 활발한 신진대사를 위해서는 단백질보다 과일 영양소를 1순위로 하는 것이 제일 중요합니다.

성장기 어린이에게 제일 필요한 영양소는 단백질이 아니라 과일영양소입니다. 어린이보다 더 빠르게 성장을 하는 갓난아이를 보면 됩니다. 갓난아이가 주식으로 먹는 모유에는 엄마가 만들어준 단백질량이 총 에너지원의 5~7%입니다. 빠르게 성장을 할 때조차 체조직을 구성하는 단백질량은 매우 적습니다. 갓난아이보다 더 많은 단백질을 섭취하면 불필요한 단백질이 되어 노폐물을 만들고 지방으로 전환됩니다.

과일, 이렇게 먹어도 되나요?

ⓠ 과일을 갈아 마셔도 되나요?

ⓐ 과일을 갈아서 빠르게 마시면 혈당 흡수 속도가 매우 빨라집니다. 혈당은 서서히 올라가는 것이 제일 안전합니다. 갈아 먹

는 것보다 씹어서 먹는 것이 좋습니다.

만약 환자거나 이가 약한 상태라 과일을 갈아서 먹어야 한다면 안전하게 먹는 방법이 있습니다. 과일과 물을 일대일의 비율로 갈아서 천천히 마시는 것입니다. 또는 과일과 양상추 같은 당분이 없는 채소 한두 가지 정도만 갈아서 드셔도 됩니다. 두 가지 방법은 갈았을지라도 혈당에 당 흡수 속도가 빠르지 않아서 안전합니다.

과일을 갈아서 즙만 마시는 착즙주스는 추천하지 않습니다. 과일의 육질 속에 있는 식이섬유는 대장건강에 매우 중요한 역할을 합니다. 그리고 착즙주스는 가끔 한두 번은 문제가 없지만 지속해서 먹으면 빠른 혈당 상승을 유도할 우려가 있습니다.

ⓠ 말린 과일은 어떤가요?

ⓐ 과일의 수분을 제거하고 먹는 것보다 생과일 그대로 먹는 것이 제일 좋습니다. 과일의 수분은 영양가 없는 맹물이 아닙니다. 과일의 90%를 차지하는 수분은 각종 비타민과 미네랄과 식물영양소가 가득한 고급과일액입니다. 이것을 제거하고 먹는다는 것은 매우 귀한 영양소를 버리는 것과 같습니다. 그리고 수분을 제거한 말린 과일은 당이 농축되어 있어서 무게당 당 함량이 매우 높아집니다. 생과일은 많이 먹어도 안전하지만 말린 과일을 지속적으로 먹으면 지나친 당분 섭취 우려가 있습니다. 아주

가끔 과자 대신 먹는 기호식품 정도로만 드시는 것이 좋습니다.

(Q) 과일은 꼭 껍질째 먹어야 하나요?

(A) 식물이 햇빛으로부터 자신을 보호하기 위한 물질을 만들어내므로 껍질 아래에 영양소가 많은 것은 사실입니다. 그러나 맛이 없는 껍질까지 챙겨먹으며 고통스러운 건강식을 하는 것은 추천하지 않습니다. 억지로 먹는 식습관은 즐겁지 않아 지속하기가 어렵고, 불쾌하고 맛없는 식사는 좋은 호르몬의 분비를 저해하므로 추천하지 않습니다. 먹기 싫은 껍질은 드시지 마시고 먹을 만한 껍질 정도만 드시면 됩니다. 사과껍질 정도는 식감도 좋고 맛도 있으므로 추천드립니다. 사과 안쪽에 있는 퀘르세틴이 심장과 장건강에 큰 도움이 되어 영양도 풍부합니다.

억지로 맛없는 껍질까지 먹으려다 과일섭취량이 줄어드는 것보다 맛있게 많이 먹는 습관이 중요합니다. 인류가 과일이 주식이었던 수렵채집시절이 농경생활시절보다 더 건강했다는 증거가 있기에 과일의 양이 건강을 좌우합니다. 맛있는 과일로 하루 500g 이상 드시면 100% 건강해지고 두 끼 과일 식사를 하시면 500% 건강해집니다. 과일과 열매와 야채로 드시면 지병까지 낫는 효과가 있으니 맛있고, 오래 먹을 수 있는 나만의 루틴을 만드는 것이 좋습니다.

ⓠ 왜 꼭 500g을 먹어야 하나요?

ⓐ 효과가 나타나는 임계점의 양이 500g이고, 더 드실수록 좋습니다. 아침 과일 500g 정도를 먹을 때 과일영양소가 몸의 해독을 돕고 간과 장 건강, 피부건강에 도움을 줍니다. 세계보건기구와 영국 런던대학교에서도 460~570g의 과일과 야채가 수명을 늘려준다며 권고하고 있습니다. 세계보건기구에서는 대장암 예방을 위해 하루 25g의 식이섬유를 먹도록 권고하고 있습니다. 권고량은 간과 장 건강을 위한 가장 최소한의 양입니다.

과일을 좋아하는 분들은 그 이상 드셔도 무방합니다. 저는 하루 500~1kg 정도를 목표로 먹습니다. 과일은 원숭이, 고릴라와 침팬지 같은 과식동물Frugivore의 주식입니다. 하루 50% 이상 드시면 혈당, 혈압, 염증 등 대사질환에 아주 유익한 효과가 있습니다. 안심하고 드세요.다시 한번 강조하지만 언제나 문제는 흰밥, 빵, 면종류의 음식과 정제당이 가득한 가공음료라는것을 기억해주세요!

사과는 껍질을 포함하고 귤이나 한라봉 같은 과일은 껍질을 제외한 양으로 500g을 권합니다. 500g의 양은 많은 사람들의 임상경험을 통해 얻은 결론입니다. 건강을 위해 하루 2L의 물을 마시는 습관을 가진 분들이 계십니다. 이 중 500g의 과일수분을 고급영양액으로 마시면 얻어지는 좋은 효과가 매우 많습니다. 과일이 너무 싫고 입에 맞지 않는 분들은 처음엔 적은 양부터 시작하셔도 됩니다. 과일 식사를 시작한다는 것 자체가 몸에 변화를 만들어줍니다. 몸에 독소가 서서히 빠지면 과일이 더 맛있게 느껴집니다. 강한 양념이 된 음식과 가공식품에 길들여진 입맛은 순수한 과일의 맛을 잘 느끼지 못하기도 합니다. 입맛이 순수해지면 해질수록 나쁜 음식은 멀어지고 과일, 야채 같은 건강한 음식이 더 맛있게 느껴집니다.

Ⓠ 과일보다 야채가 더 좋지 않나요?

Ⓐ 과일은 주식이 되고 야채는 부식입니다. 야채는 과일 식사만으로 다 얻지 못하는 짠맛과 쓴맛을 보충해주는 반찬입니다. 과일은 9대 영양소로 이루어진 생명이 담긴 음식입니다. 에너지원이 되는 포도당과 자당과 과당이 있고 신진대사에 꼭 필요한 각종 영양소가 풍부합니다. 야채는 에너지원이 거의 없고 식이섬유와 칼륨과 다양한 미네랄이 풍부한 반찬입니다. 소는 풀을 먹고 소화를 시켜서 에너지원을 만들어내지만 사람의 소화효소는 야채를 다 소화시키지 못합니다. 단맛과 신맛 과일만 먹다 보면 짠맛과 쓴맛이 당길 때가 있는데 싱싱한 녹색채소가 그 정도 역할을 해주면 됩니다. 4장에 나온 다양한 밥상 예시처럼 야채는 약간의 샐러드나 쌈채소 정도로 드시면 좋습니다.

Q **과일과 야채를 섞어 먹어도 되나요?**

A 과일과 야채는 따로 먹는 것이 더 좋습니다. 과일의 소화 속도는 30분이고 야채는 3시간 정도입니다. 소화 속도가 같은 것끼리 먹을 때 완전소화가 됩니다. 야채 샐러드에 과일을 섞어서 드시기도 하는데 이는 추천하지 않습니다. 또 과일과 야채를 갈 경우 소화가 용이한 형태로 바뀌기 때문에 큰 문제는 없습니다. 예를 들어 바나나와 양상추를 갈아서 먹는 경우나 사과와 케일을 갈아서 해독주스로 만들어 먹는 경우입니다.

Q **건강에 좋은 과일 배합이 있나요?**

A 복잡한 배합보다 단순한 과일 식사를 권합니다. 생명이 담긴 과일은 그 자체로 완벽한 영양소 구성을 하고 있습니다. 100가지가 넘는 영양성분을 다 흡수하기 위해서는 한 종류의 과일만 드시는 것이 제일 좋습니다. 한 끼에 한 종류의 과일로 500g 이상을 드시는 걸 가장 추천합니다.

여러 가지 과일을 섞어 먹는 것은 좋지 않습니다. 뷔페 식사 후에 속이 부글부글 하고 소화가 잘 안 된 경험을 가지고 있습니다. 과일도 다양한 맛을 가지고 있어서 마구 섞어 먹는 것은 좋지 않습니다. 과일은 단맛, 신맛, 메론류, 지방이 많은 과일 총 4가지로 나뉩니다. 과일이라도 소화 속도가 다르므로 한 가지 과일을 드시고 30분 이후에 드시는 것이 좋습니다. 위 속에서 섞이지 않게

드세요. 너무 바쁠 때라도 5~10분 정도의 간격이라도 두시는 것
이 좋습니다.

참고문헌

- 강신용, 《아픈 사람의 99%는 장누수다》, 내몸사랑연구소, 2020
- 기울리아 엔더스, 《매력적인 장 여행》, 와이즈베리, 2014
- 김상수, 《코로나 미스터리》, 에디터, 2020
- 김현수, 김대중, 허중연, 《코로나19 백신》, 덴스토리(DENSTORY), 2021
- 더글라스 그라함, 《산 음식, 죽은 음식》, 사이몬북스, 2020
- 데이비드 A. 싱클레어, 《노화의 종말》, 부키, 2020
- 도준상, 《면역항암제를 이해하려면 알아야 할 최소한의 것들》,
  바이오스펙테이터, 2019
- 디팩 초프라, 루돌프 탄지, 《슈퍼유전자》, 한문화, 2017
- 레오 갤런드, 조너선 갤런드, 《알레르기 솔루션》, 중앙생활사, 2018
- 레이 D. 스트랜드, 《영양의학 가이드》, 푸른솔, 2007
- 류은경, 《아침 과일 습관》, 샘터사, 2020
- 류은경, 《완전 소화》, 다산라이프, 2018
- 마키타 젠지, 《노화가 잘못됐습니다》, 더난출판사, 2022
- 맷 릭텔, 《우아한 방어》, 북라이프, 2020
- 모토카와 다츠오, 《코끼리의 시간, 쥐의 시간》, 김영사, 2018
- 문인영, 《아침 주스, 저녁 샐러드》, 나무수, 2014
- 배은정, 《마법의 림프 순환 다이어트》, 비타북스, 2016
- 버나드 젠센, 《더러운 장이 병을 만든다》, 국일미디어, 2014
- 쓰보이 다카시, 《인간은 왜 아픈 걸까》, 시그마북스, 2020
- 아보 도오루, 후나스 스케, 기준성, 《아무도 몰랐던 면역혁명의 비밀》, 중앙생활사, 2019
- 에드 용, 《내 속엔 미생물이 너무도 많아》, 어크로스, 2017
- 옐 아들러, 《매력적인 피부 여행》, 와이즈베리, 2017
- 우시키 다쓰오, 후지타 쓰네오, 《누구나 세포》, Gbrain(지브레인), 2013

- 우중차오, 《병의 90%는 간 때문이다》, 다온북스, 2017
- 윌 벌서위츠, 《최강의 식물식》, 청림Life, 2021
- 이경미, 《한 접시 건강법》, 판미동, 2019
- 이상곤, 《코의 한의학》, 사이언스북스, 2020
- 이송주, 《장 건강하면 심플하게 산다》, 레몬북스, 2019
- 이시형, 《면역이 암을 이긴다》, 한국경제신문사, 2017
- 이항, 천명선, 최태규, 황주선, 《동물이 건강해야 나도 건강하다고요?》, 휴머니스트, 2021
- 재키 로, 《제약회사는 어떻게 거대한 공룡이 되었는가?》, 궁리, 2008
- 잭 챌로너, 《세포》, 더숲, 2017
- 정가영, 《면역력을 처방합니다》, 라온북, 2019
- 제나 마치오키, 《면역의 힘》, 윌북, 2021
- 제니퍼 애커먼, 《감기의 과학》, 21세기북스, 2012
- 제임스 D. 왓슨, 《DNA》, 까치, 2003
- 제임스 클레멘트, 크리스틴 로버그, 《자가포식》, 라이팅하우스, 2021
- 조한경, 《환자혁명》, 에디터, 2017
- 찰스 그레이버, 《암 치료의 혁신, 면역항암제가 온다》, 김영사, 2019
- 캐롤라인 리프, 《뇌의 스위치를 켜라》, 순전한나드, 2015
- 팀 오시, 《백신 그리고 우리가 모르는 이야기》, 여문각, 2006
- 프레드 프로벤자, 《영양의 비밀》, 브론스테인, 2020
- 홍윤철, 《질병의 탄생》, 사이, 2014
- 후지이 순스케, 《우리 아이 예방접종의 불편한 진실 7》, 라이온북스, 2015
- 후지타 고이치로, 《평생 살찌지 않는 장 건강법》, 나무위의책, 2014

평생 병들지 않는 몸의 비밀

1판 1쇄 발행 2022년 10월 10일
1판 5쇄 발행 2024년 11월 29일

지은이 류은경
펴낸이 김성구

책임편집 이은주
콘텐츠본부 고혁 양지하 김초록 류다경 이영민
디자인 designBIGWAVE
마케팅부 송영우 김지희 김나연 강소희
제작 어찬
관리 안웅기

펴낸곳 (주)샘터사
등록 2001년 10월 15일 제1-2923호
주소 서울시 종로구 창경궁로35길 26 2층 (03076)
전화 1877-8941 | **팩스** 02-3672-1873
이메일 book@isamtoh.com | **홈페이지** www.isamtoh.com

ISBN 978-89-464-2222-3 03510

값은 뒤표지에 있습니다.
잘못 만들어진 책은 구입처에서 교환해 드립니다.